Виктор Драгунский

Большая книга рассказов

**Художник
Екатерина Петрова**

Москва
«Махаон»
2014

УДК 821.161.1-32-93
ББК 84(2Рос=Рус)6
Д72

Драгунский В. Ю.
Д72 Большая книга рассказов / Рис. Е. Петровой. – М.: Махаон, Азбука-Аттикус, 2014. – 240 с.: ил.

ISBN 978-5-389-00975-2

Известный писатель Виктор Юзефович Драгунский занимает достойное место в мировой детской литературе. Его весёлые, добрые, а порой и грустные истории про мальчишек и девчонок дети читают с удовольствием: ведь так интересно узнать, что происходит в жизни сверстников.
В книгу вошли самые знаменитые произведения Виктора Драгунского из цикла «Денискины рассказы», герой которых – озорник Дениска Кораблёв – вечно попадает в невероятные и поучительные истории. Юные читатели непременно полюбят этого обаятельного сорванца!

УДК 821.161.1-32-93
ББК 84(2Рос=Рус)6

© Драгунский В.Ю., наследники, 2014
© Петрова Е.Д., иллюстрации, 2014
© Оформление. ООО «Издательская Группа «Азбука-Аттикус», 2014
Machaon®

ISBN 978-5-389-00975-2

ПОДЗОРНАЯ ТРУБА

Я сидел на подоконнике, натянув рубашку на колени, потому что штаны были у мамы.

— Нет, — сказала мама и отодвинула в сторону нитки с иголкой. — Я не могу больше с этим мальчишкой, на нём просто черти рвут.

— Да, — сказал папа и сложил газету. — На нём черти рвут, он лазает по заборам, он скачет по деревьям и носится по крышам. На него не напасёшься!

Папа помолчал, зловеще поглядел на меня и наконец решительно объявил:

— Но я наконец придумал средство, которое раз и навсегда избавит нас от этого бедствия.

— Я не нарочно, — сказал я. — Что я, нарочно, что ли, да? Оно само.

— Конечно, оно само, — ядовито сказала мама. — У твоих штанов такой скверный характер, что они нарочно целыми днями подстерегают каждый гвоздик, цепляются за него и потом рвутся специально для того, чтобы позлить твою маму. Вот какие коварные штаны! Оно само! Оно само!

Мама могла так кричать «оно само» до утра, потому что у неё уже разыгрались нервы, это было видно невооружённым глазом. Поэтому я сказал папе:

— Ну, так что же ты придумал?

Папа сделал строгое лицо и сказал маме:

— Тебе нужно напрячь все свои способности и изобрести аппарат, который обеспечивал бы тебе наблюдение за твоим сыном в часы отсутствия. Мне сегодня некогда, сегодня «Спартак» — «Торпедо», а ты, ты садись к столу и, не теряя времени, изобрети сейчас же подзорную трубу. У тебя это очень хорошо получится, я знаю, что ты человек в этом отношении весьма талантливый.

Папа встал, порылся у себя в столе и положил перед мамой маленькое зеркальце с отбитым уголком, довольно большой магнит и несколько разных гвоздочков, пуговицу и ещё чего-то.

— Вот, — сказал он, — это тебе необходимые материалы. В поиск, смелые и любознательные!

Мама проводила его к дверям, потом вернулась и отпустила и меня во двор погулять. А когда мы вечером все сошлись за ужином, у мамы были перепачканы клеем пальцы, и на столе лежала довольно симпатичная синенькая и толстая труба. Мама взяла её, издалека показала мне и сказала:

— Ну, Денис, смотри внимательно!

— Это что? — спросил я.

— Это подзорная труба! Моё изобретение! — ответила мама.

Я сказал:

— Окрестности озирать?

Она улыбнулась:

— Никакие не окрестности! А за тобой присматривать.

Я сказал:

— А как?

— А очень просто! — сказала мама. — Я изобрела и сконструировала подзорную трубу для родителей, вроде подзорной трубы для моряков, только гораздо лучше.

Папа сказал:

— Ты объясни, пожалуйста, популярно, в чём тут дело, какие принципы положены в основу изобретения, какие проблемы оно решает, ну и так далее. Прошу!

Мама встала у стола, как учительница у доски, и заговорила докладческим голосом:

— Теперь, когда я буду уходить из дому, я всегда буду видеть тебя, Денис. Я могу удаляться от дома на расстояние от пяти до восьми километров, но чуть я почувствую, что давно тебя не видела и что мне интересно, что ты сейчас вытворяешь, я сразу – чик! Направляю свою трубу в сторону нашего дома – и готово! – вижу тебя во весь рост.

Папа сказал:

– Отлично! Эффект Шницель-Птуцера!

Тут я немножко оторопел. Я никогда не думал, что мама может изобрести такую штуку. Ведь такая с виду худенькая, а смотри-ка! Эффект Шницель-Птуцера!

Я сказал:

– А как же, мама, ты будешь знать, где наш дом?

Она ответила, нисколько не задумываясь:

– А у меня в трубе сидит компасный магнит. Он всегда показывает на наш дом.

– Реакция Бабкина-Няньского, – сказал папа.

– Совершенно верно, – продолжала мама. – Таким образом, если ты, Денис, заберёшься на забор или ещё куда, это мне сразу будет видно.

Я сказал:

– А там у тебя что? Экран, что ли?

Она ответила:

— Конечно. Помнишь зеркальце? Оно отбрасывает твоё изображение прямо мне внутрь головы. Я сразу вижу, стреляешь ты из рогатки или просто так мяч гоняешь, безо всякого смысла.

— Обыкновенный закон Кранца-Ничиханца. Ничего особенного, — проворчал папа и вдруг, оживившись, спросил: — Прости, прости, пожалуйста, я перебью тебя. Один вопросик можно?

— Да, задавай, — сказала мама.

— Твоя подзорная труба что, она работает на электричестве или на полупроводниках?

— На электричестве, — сказала мама.

— О, тогда я тебя предупреждаю, — сказал папа, — ты берегись замыканий. А то где-нибудь замкнёт, и у тебя в мозгах произойдёт вспышка.

— Не произойдёт, — сказала мама. — А предохранитель на что?

— Ну тогда другое дело, — сказал папа. — Но ты всё-таки поглядывай, а то, знаешь, я буду волноваться.

Я сказал:

— Ну а ты можешь сделать такую штуку для меня? Чтобы и я мог за тобой присматривать?

— А это зачем? — снова улыбнулась мама. — Я-то уж наверняка не полезу на забор!

— Это ещё не известно, — сказал я, — может быть, на забор ты и не станешь карабкаться, но, может быть, ты за машины цепляешься? Или скачешь перед ними, как коза?

— Или с дворниками дерёшься? И вступаешь в пререкания с милицией? — поддержал меня папа и вздохнул: — Да, жалко, нет у нас такой машинки, чтобы нам за тобой наблюдать...

Но мама показала нам язык:

— Изобретено и выполнено в единственном экземпляре, что, взяли? — Она повернулась ко мне: — Так что знай, теперь я всё время держу тебя под своим неусыпным контролем!

И я подумал, что при таком изобретении у меня начинается довольно кислая жизнь. Но ничего не сказал, а кивнул и потом пошёл спать. А когда проснулся и стал жить, то понял, что для меня наступили чёрные дни. При мамином изобретении получалось, что моя жизнь превращается в сплошное мучение. Вот, например, сообразишь, что Костик за последнее время уж очень разнахалился и самая пора ему как следует накостылять по шее, а вот не решаешься, так и кажется, что подзорная мамина труба уставилась тебе прямо в спину. И наподдать Костику как следует просто невозможно в таких условиях. Я уж не говорю о том, что я вовсе перестал ходить на Чистые пруды, чтобы ловить там себе головастиков полные карманы. И вся моя счастливая, весёлая прежняя жизнь теперь стала запретной для меня. И так тоскливо тянулись мои дни, что я таял, как свеча, и места себе не находил. И дело, уж наверное, просто приближалось к печальному концу, как вдруг однажды, когда мама ушла, я стал искать свою старую футбольную камеру, и в ящике, где у меня хранится всякая утильная хурда-бурда, я вдруг увидел... мамину подзорную трубу! Да, она лежала среди прочего мусора, какая-то осиротелая, облупившаяся, тусклая. По всему было видно, что мама уже давно ею не пользуется, что она про неё и думать-то забыла. Я схватил её и расковырял поскорее, чтобы взглянуть, что у неё там внутри, как она устроена, но, честное слово, она была пустая, в ней ничего не было. Пусто, хоть шаром покати!

Только тут я догадался, что эти люди обманули меня и что мама ничего не изобрела, а просто так, пугала меня своей ненастоящей трубой, и я, как доверчивый дурачок, верил ей и боялся и вёл себя как приличный отличник.

И от этого всего я так обиделся на весь свет, и на маму, и на папу, и на все эти дела, что я выбежал сразу во двор как угорелый и затеял там великую срочную драку с Костиком, и с Андрюшкой, и с Алёнкой. И хотя они втроём прекрасно меня отлупили, всё равно настроение у меня было отличное, и после драки мы все вчетвером лазали на чердак и на крышу, а потом карабкались на деревья, а потом спустились в подвал, в котельную, в самый угол, и извозились там просто до умопомрачения. И всё это время я чувствовал, что у меня словно камень с души свалился. И хорошо было, и свободно на душе, и легко, и весело, как на Первое мая.

Хитрый способ

– Вот, – сказала мама, – полюбуйтесь! На что уходит отпуск? Посуда, посуда, три раза в день посуда! Утром мой чашки, а днём целая гора тарелок. Просто бедствие какое-то!

– Да, – сказал папа, – действительно, это ужасно! Как жалко, что ничего не придумано в этом смысле. Что смотрят инженеры? Да, да... Бедные женщины...

Папа глубоко вздохнул и уселся на диван. Мама увидела, как он удобно устроился, и сказала:

– Нечего тут сидеть и притворно вздыхать! Нечего всё валить на инженеров! Я даю вам обоим срок. До обеда вы должны что-нибудь придумать и облегчить мне эту проклятую мойку! Кто не придумает, того я отказываюсь кормить. Пусть сидит голодный. Дениска! Это и тебя касается. Намотай себе на ус!

Я сразу сел на подоконник и начал придумывать, как быть с этим делом. Во-первых, я испугался, что мама в самом деле не будет меня кормить и я, чего доброго, помру от голода, а во-вторых, мне интересно было что-нибудь придумать, раз инженеры не сумели. И я сидел, и думал, и искоса поглядывал на папу, как у него идут дела. Но папа и не думал думать. Он побрился, потом надел чистую рубашку, потом прочитал штук десять газет, а затем спокойненько включил радио и стал слушать какие-то новости за истекшую неделю.

Тогда я стал думать ещё быстрее. Я сначала хотел выдумать электрическую машину, чтобы сама мыла посуду и сама вытирала, и для этого я немножко развинтил наш электрополотёр и папину электробритву «Харьков». Но у меня не получалось, куда прицепить полотенце.

Выходило, что при запуске машины бритва разрежет полотенце на тысячу кусочков. Тогда я всё свинтил обратно и стал придумывать другое. И часа через два я вспомнил, что читал в газете про конвейер, и от этого я сразу придумал довольно интересную штуку. И когда наступило время обеда и мама накрыла на стол и мы все расселись, я сказал:

— Ну что, папа? Ты придумал?

— Насчёт чего? — сказал папа.

— Насчёт мойки посуды, — сказал я. — А то мама перестанет нас с тобой кормить.

— Это она пошутила, — сказал папа. — Как это она не будет кормить родного сына и горячо любимого мужа?

И он весело засмеялся.

Но мама сказала:

– Ничего я не пошутила, вы у меня узнаете! Как не стыдно! Я уже сотый раз говорю – я задыхаюсь от посуды! Это просто не по-товарищески: самим сидеть на подоконнике, и бриться, и слушать радио, в то время как я укорачиваю свой век, без конца мою ваши чашки и тарелки.

– Ладно, – сказал папа, – что-нибудь придумаем! А пока давайте же обедать! О, эти драмы из-за пустяков!

– Ах, из-за пустяков? – сказала мама и прямо вся вспыхнула. – Нечего сказать, красиво! А я вот возьму и в самом деле не дам вам обеда, тогда вы у меня не так запоёте!

И она сжала пальцами виски и встала из-за стола. И стояла у стола долго-долго и всё смотрела на папу. А папа сложил руки на груди и раскачивался на стуле и тоже смотрел на маму. И они молчали. И не было никакого обеда. И я ужасно хотел есть. Я сказал:

– Мама! Это только один папа ничего не придумал. А я придумал! Всё в порядке, ты не беспокойся. Давайте обедать.

Мама сказала:

– Что же ты придумал?

Я сказал:

– Я придумал, мама, один хитрый способ!

Она сказала:

– Ну-ка, ну-ка...

Я спросил:

– А ты сколько моешь приборов после каждого обеда? А, мама?

Она ответила:

– Три.

– Тогда кричи «ура», – сказал я, – теперь ты будешь мыть только один! Я придумал хитрый способ!

– Выкладывай, – сказал папа.

– Давайте сначала обедать, – сказал я. – Я во время обеда расскажу, а то ужасно есть хочется.

– Ну что ж, – вздохнула мама, – давайте обедать.

И мы стали есть.

— Ну? — сказал папа.

— Это очень просто, — сказал я. — Ты только послушай, мама, как всё складно получается! Смотри: вот обед готов. Ты сразу ставишь один прибор. Ставишь ты, значит, единственный прибор, наливаешь в тарелку супу, садишься за стол, начинаешь есть и говоришь папе: «Обед готов!»

Папа, конечно, идёт мыть руки, и, пока он их моет, ты, мама, уже съедаешь суп и наливаешь ему нового, в свою же тарелку.

Вот папа возвращается в комнату и тотчас говорит мне: «Дениска, обедать! Ступай руки мыть!»

Я иду. Ты же в это время ешь из мелкой тарелки котлеты. А папа ест суп. А я мою руки. И когда я их вымою, я иду к вам, а у вас папа уже поел супу, а ты съела котлеты. И когда я вошёл, папа наливает супу в свою свободную глубокую тарелку, а ты кладёшь папе котлеты в свою пустую мелкую. Я ем суп, папа — котлеты, а ты спокойно пьёшь компот из стакана.

Когда папа съел второе, я как раз покончил с супом. Тогда он наполняет свою мелкую тарелку котлетами, а ты в это время уже выпила компот и наливаешь папе в этот же стакан. Я отодвигаю пустую тарелку из-под супа, принимаюсь за второе, папа пьёт компот, а ты, оказывается, уже пообедала, поэтому ты берёшь глубокую тарелку и идёшь на кухню мыть!

А пока ты моешь, я уже проглотил котлеты, а папа — компот. Тут он живенько наливает в стакан компоту для меня и относит свободную мелкую тарелку к тебе, а я залпом выдуваю компот и сам несу на кухню стакан! Всё очень просто! И вместо трёх приборов тебе придётся мыть только один. Ура?

— Ура, — сказала мама. — Ура-то ура, только негигиенично!

— Ерунда, — сказал я, — ведь мы все свои. Я, например, нисколько не брезгую есть после папы. Я его люблю. Чего там... И тебя тоже люблю.

— Уж очень хитрый способ, — сказал папа. — И потом, что ни говори, а всё-таки гораздо веселее есть всем вместе, а не трёхступенчатым потоком.

— Ну, — сказал я, — зато маме легче! Посуды-то в три раза меньше уходит.

— Понимаешь, — задумчиво сказал папа, — мне кажется, я тоже придумал один способ. Правда, он не такой хитрый, но всё-таки...

— Выкладывай, — сказал я.

— Ну-ка, ну-ка... — сказала мама.

Папа поднялся, засучил рукава и собрал со стола всю посуду.

— Иди за мной, — сказал он, — я сейчас покажу тебе свой нехитрый способ. Он состоит в том, что теперь мы с тобой будем сами мыть всю посуду!

И он пошёл.

А я побежал за ним. И мы вымыли всю посуду. Правда, только два прибора. Потому что третий я разбил. Это получилось у меня случайно, я всё время думал, какой простой способ придумал папа.

И как это я сам не догадался?..

Куриный бульон

Мама принесла из магазина курицу, большую, синеватую, с длинными костлявыми ногами. На голове у курицы был большой красный гребешок. Мама повесила её за окно и сказала:

— Если папа придёт раньше, пусть сварит. Передашь?

Я сказал:

— С удовольствием!

И мама ушла в институт. А я достал акварельные краски и стал рисовать. Я хотел нарисовать белочку, как она прыгает в лесу по деревьям, и у меня сначала здорово выходило, но потом я посмотрел и увидел, что получилась вовсе не белочка, а какой-то дядька, похожий на Мойдодыра. Белкин хвост получился как его нос, а ветки на дереве как волосы, уши и шапка... Я очень удивился, как могло так получиться, и, когда пришёл папа, я сказал:

— Угадай, папа, что я нарисовал?

Он посмотрел и задумался.

— Пожар?

— Ты что, папа? Ты посмотри хорошенько!

Тогда папа посмотрел как следует и сказал:

— Ах, извини, это, наверное, футбол...

Я сказал:

— Ты какой-то невнимательный! Ты, наверно, устал?

А он:

— Да нет, просто есть хочется. Не знаешь, что на обед?

Я сказал:

— Вон за окном курица висит. Свари и съешь!

Папа отцепил курицу от форточки и положил её на стол.

— Легко сказать — свари! Сварить можно. Сварить — это ерунда. Вопрос, в каком виде нам её съесть? Из курицы можно приготовить не меньше сотни чудесных питательных блюд. Можно, например, сделать простые куриные котлетки, а можно закатить министерский шницель – с виноградом! Я про это читал! Можно сделать такую котлету на косточке – называется «киевская» – пальчики оближешь. Можно сварить курицу с лапшой, а можно придавить её утюгом, облить чесноком, и получится, как в Грузии, «цыплёнок табака». Можно, наконец...

Но я его перебил. Я сказал:

– Ты, папа, свари что-нибудь простое, без утюгов. Что-нибудь, понимаешь, самое быстрое!

Папа сразу согласился:

– Верно, сынок! Нам что важно? Поесть побыстрей! Это ты ухватил самую суть. Что же можно сварить побыстрей? Ответ простой и ясный: бульон! Куриный бульон!

Папа даже руки потёр.

Я спросил:

– А ты бульон умеешь?

Но папа только засмеялся.

– А чего тут уметь? – У него даже заблестели глаза. – Бульон – это проще пареной репы: положи в воду и жди, когда сварится, вот и вся премудрость. Решено! Мы варим бульон, и очень скоро у нас будет обед из двух блюд: на первое – бульон с хлебом, на второе – курица варёная, горячая, дымящаяся. Ну-ка брось свою репинскую кисть и давай помогай!

Я сказал:

– А что я должен делать?

– Вот погляди! Видишь, на курице какие-то волоски. Ты их состриги, потому что я не люблю бульон лохматый. Ты состриги эти волоски, а я пока пойду на кухню и поставлю воду кипятить!

И он пошёл на кухню. А я взял мамины ножницы и стал подстригать на курице волоски по одному. Сначала я думал, что их будет немного, но потом пригляделся и увидел, что очень много, даже чересчур. И я стал их состригать, и старался быстро стричь, как в парикмахерской, и пощёлкивал ножницами по воздуху, когда переходил от волоска к волоску.

Папа вошёл в комнату, поглядел на меня и сказал:

– С боков больше снимай, а то получится под бокс!

Я сказал:

– Не очень-то быстро выстригается...

Но тут папа вдруг как хлопнет себя по лбу:

– Господи! Ну и бестолковые же мы с тобой, Дениска! И как это я позабыл! Кончай стрижку! Её нужно опалить на огне! Понимаешь? Так все делают. Мы её на

огне подпалим, и все волоски сгорят, и не надо будет ни стрижки, ни бритья. За мной!

И он схватил курицу и побежал с нею на кухню. А я за ним. Мы зажгли новую горелку, потому что на одной уже стояла кастрюля с водой, и стали обжигать курицу на огне. Она здорово горела и пахла на всю квартиру палёной шерстью. Папа поворачивал её с боку на бок и приговаривал:

– Сейчас, сейчас! Ох и хорошая курочка! Сейчас она у нас вся обгорит и станет чистенькая и беленькая...

Но курица, наоборот, становилась какая-то чёрненькая, вся какая-то обугленная, и папа наконец погасил газ.

Он сказал:

– По-моему, она как-то неожиданно прокоптилась. Ты любишь копчёную курицу?

Я сказал:

– Нет. Это она не прокоптилась, просто она вся в саже. Давай-ка, папа, я её вымою.

Он прямо обрадовался.

– Ты молодец! – сказал он. – Ты сообразительный. Это у тебя хорошая наследственность. Ты весь в меня. Ну-ка, дружок, возьми эту трубочистовую курицу и вымой её хорошенько под краном, а то я уже устал от этой возни.

И он уселся на табурет.

А я сказал:

– Сейчас, я её мигом!

И я подошёл к раковине и пустил воду, подставил под неё нашу курицу и стал тереть её правой рукой изо всех сил. Курица была очень горячая и жутко грязная, и я сразу запачкал свои руки до самых локтей. Папа покачивался на табурете.

– Вот, – сказал я, – что ты, папа, с ней наделал. Совершенно не отстирывается. Сажи очень много.

– Пустяки, – сказал папа, – сажа только сверху. Не может же она вся состоять из сажи? Подожди-ка!

И папа пошёл в ванную и принёс мне оттуда большой кусок земляничного мыла.

– На́, – сказал он, – мой как следует! Намыливай!

И я стал намыливать эту несчастную курицу. У неё стал какой-то совсем уже дохловатый вид. Я довольно здорово её намылил, но она очень плохо отмыливалась, с неё стекала грязь, стекала уже, наверно, с полчаса, но чище она не становилась.

Я сказал:

– Этот проклятый петух только размазывается от мыла.

Тогда папа сказал:

– Вот щётка! Возьми-ка, потри её хорошенько! Сначала спинку, а уж потом всё остальное.

Я стал тереть. Я тёр изо всех сил, в некоторых местах даже протирал кожу. Но мне всё равно было очень трудно, потому что курица вдруг словно ожила и начала вертеться у меня в руках, скользить и каждую секунду норовила выскочить. А папа всё не сходил со своей табуретки и всё командовал:

— Крепче три! Ловчее! Держи за крылья! Эх ты! Да ты, я вижу, совсем не умеешь мыть курицу.

Я тогда сказал:

— Пап, ты попробуй сам!

И я протянул ему курицу. Но он не успел её взять, как вдруг она выпрыгнула у меня из рук и ускакала под самый дальний шкафчик. Но папа не растерялся. Он сказал:

— Подай швабру!

И когда я подал, папа стал шваброй выгребать её из-под шкафа. Он сначала оттуда выгреб старую мышеловку, потом моего прошлогоднего оловянного солдатика, и я ужасно обрадовался, ведь я думал, что совсем потерял его, а он тут как тут, мой дорогой.

Потом папа вытащил наконец курицу. Она была вся в пыли. А папа был весь красный. Но он ухватил её за лапку и поволок опять под кран. Он сказал:

— Ну, теперь держись, Синяя птица.

И он довольно чисто её прополоскал и положил в кастрюлю. В это время пришла мама. Она сказала:

— Что тут у вас за разгром?

А папа вздохнул и сказал:

— Курицу варим.

Мама сказала:

— Давно?

— Только сейчас окунули, — сказал папа.

Мама сняла с кастрюльки крышку.

— Солили? — спросила она.

— Потом, — сказал папа, — когда сварится.

Но мама понюхала кастрюльку.

— Потрошили? — сказала она.

— Потом, — сказал папа, — когда сварится.

Мама вздохнула и вынула курицу из кастрюльки. Она сказала:

— Дениска, принеси мне фартук, пожалуйста. Придётся всё за вас доделывать, горе-повара.

А я побежал в комнату, взял фартук и захватил со стола свою картинку. Я отдал маме фартук и спросил её:
– Ну-ка, что я нарисовал? Угадай, мама!
Мама посмотрела и сказала:
– Швейная машинка? Да?

«Он живой и светится...»

Однажды вечером я сидел во дворе, возле песка, и ждал маму. Она, наверно, задерживалась в институте, или в магазине, или, может быть, долго стояла на автобусной остановке. Не знаю. Только все родители нашего двора уже пришли, и все ребята пошли с ними по домам и уже, наверно, пили чай с бубликами и брынзой, а моей мамы всё ещё не было...

И вот уже стали зажигаться в окнах огоньки, и радио заиграло музыку, и в небе задвигались тёмные облака — они были похожи на бородатых стариков...

И мне захотелось есть, а мамы всё не было, и я подумал, что, если бы я знал, что моя мама хочет есть и ждёт меня где-то на краю света, я бы моментально к ней побежал, а не опаздывал бы и не заставлял её сидеть на песке и скучать.

И в это время во двор вышел Мишка. Он сказал:

— Здоро́во!

И я сказал:

— Здоро́во!

Мишка сел со мной и взял в руки самосвал.

— Ого! — сказал Мишка. — Где достал? А он сам набирает песок? Не сам? А сам сваливает? Да? А ручка? Для чего она? Её можно вертеть? Да? А? Ого! Дашь мне его домой?

Я сказал:

— Нет, домой не дам. Подарок. Папа подарил перед отъездом.

Мишка надулся и отодвинулся от меня. На дворе стало ещё темнее. Я смотрел на ворота, чтоб не пропустить, когда придёт мама. Но она всё не шла. Видно, встретила тётю Розу, и они стоят и разговаривают и даже не думают про меня. Я лёг на песок.

Тут Мишка говорит:

– Не дашь самосвал?

Я говорю:

– Отвяжись, Мишка.

Тогда Мишка говорит:

– Я тебе за него могу дать одну Гватемалу и два Барбадоса!

Я говорю:

– Сравнил Барбадос с самосвалом...

А Мишка:

– Ну, хочешь, я дам тебе плавательный круг?

Я говорю:

– Он у тебя лопнутый.

А Мишка:

– Ты его заклеишь!

Я даже рассердился:

– А плавать где? В ванной? По вторникам?

И Мишка опять надулся. А потом говорит:

— Ну, была не была! Знай мою добрость! На!

И он протянул мне коробочку от спичек. Я взял её в руки.

— Ты открой её, — сказал Мишка, — тогда увидишь!

Я открыл коробочку и сперва ничего не увидел, а потом увидел маленький светло-зелёный огонёк, как будто где-то далеко-далеко от меня горела крошечная звёздочка, и в то же время я сам держал её сейчас в руках.

— Что это, Мишка, — сказал я шёпотом, — что это такое?

— Это светлячок, — сказал Мишка. — Что, хорош? Он живой, не думай.

— Мишка, — сказал я, — бери мой самосвал, хочешь? Навсегда бери, насовсем! А мне отдай эту звёздочку, я её домой возьму.

И Мишка схватил мой самосвал и побежал домой. А я остался со своим светлячком, глядел на него, глядел и никак не мог наглядеться: какой он зелёный, словно в сказке, и как он, хоть и близко, на ладони, а светит, словно издалека... И я не мог ровно дышать, и я слышал, как быстро стучит моё сердце, и чуть-чуть кололо в носу, как будто хотелось плакать.

И я долго так сидел, очень долго. И никого не было вокруг. И я забыл про всех на белом свете.

Но тут пришла мама, и я очень обрадовался, и мы пошли домой. А когда стали пить чай с бубликами и брынзой, мама спросила:

— Ну, как твой самосвал?

А я сказал:

— Я, мама, променял его.

Мама сказала:

— Интересно! А на что?

— На светлячка! — ответил я. — Вот он, в коробочке живёт. Погаси-ка свет!

И мама погасила свет, и стало темно, и мы стали вдвоём смотреть на бледно-зелёную звёздочку. Потом мама зажгла свет.

— Да, — сказала она, — это волшебство! Но всё-таки как ты решился отдать такую ценную вещь, как самосвал, за этого червячка?

— Я так долго ждал тебя, — сказал я, — и мне было так скучно, а этот светлячок, он оказался лучше любого самосвала на свете.

Мама пристально посмотрела на меня и спросила:

— А чем же, чем же именно он лучше?

Я сказал:

— Да как же ты не понимаешь?! Ведь он живой! И светится!..

Друг детства

Когда мне было лет шесть или шесть с половиной, я совершенно не знал, кем же я в конце концов буду на этом свете. Мне все люди вокруг очень нравились и все работы тоже. У меня тогда в голове была ужасная путаница, я был какой-то растерянный и никак не мог толком решить, за что же мне приниматься.

То я хотел быть астрономом, чтоб не спать по ночам и наблюдать в телескоп далёкие звёзды, а то я мечтал стать капитаном дальнего плавания, чтобы стоять, расставив ноги, на капитанском мостике, и посетить далёкий Сингапур, и купить там забавную обезьянку. А то мне до смерти хотелось превратиться в машиниста метро или начальника станции и ходить в красной фуражке и кричать толстым голосом:

— Го-о-тов!

Или у меня разгорался аппетит выучиться на такого художника, который рисует на уличном асфальте белые полоски для мчащихся машин. А то мне казалось, что неплохо бы стать отважным путешественником вроде Алена Бомбара и переплыть все океаны на утлом челноке, питаясь одной только сырой рыбой. Правда, этот Бомбар после своего путешествия похудел на двадцать пять килограммов, а я всего-то весил двадцать шесть, так что выходило, что если я тоже поплыву, как он, то мне худеть будет совершенно некуда, я буду весить в конце путешествия только одно кило. А вдруг я где-нибудь не поймаю одну-другую рыбину и похудею чуть побольше? Тогда я, наверно, просто растаю в воздухе как дым, вот и все дела.

Когда я всё это подсчитал, то решил отказаться от этой затеи, а на другой день мне уже приспичило стать боксёром, потому что я увидел в телевизоре розыгрыш первенства Европы по боксу. Как они молотили друг друга – просто ужас какой-то! А потом показали их тренировку, и тут они колотили уже тяжёлую кожаную «грушу» – такой продолговатый тяжёлый мяч, по нему надо бить изо всех сил, лупить что есть мочи, чтобы развивать в себе силу удара. И я так нагляделся на всё на это, что тоже решил стать самым сильным человеком во дворе, чтобы всех побивать в случае чего.

Я сказал папе:

– Папа, купи мне грушу!

– Сейчас январь, груш нет. Съешь пока морковку.

Я рассмеялся:

– Нет, папа, не такую! Не съедобную грушу! Ты, пожалуйста, купи мне обыкновенную кожаную боксёрскую грушу!

– А тебе зачем? – сказал папа.

– Тренироваться, – сказал я. – Потому что я буду боксёром и буду всех побивать. Купи, а?

– Сколько же стоит такая груша? – поинтересовался папа.

– Пустяки какие-нибудь, – сказал я. – Рублей десять или пятьдесят.

– Ты спятил, братец, – сказал папа. – Перебейся как-нибудь без груши. Ничего с тобой не случится.

И он оделся и пошёл на работу.

А я на него обиделся за то, что он мне так со смехом отказал. И мама сразу же заметила, что я обиделся, и тотчас сказала:

– Стой-ка, я, кажется, что-то придумала. Ну-ка, ну-ка, погоди-ка одну минуточку.

И она наклонилась и вытащила из-под дивана большую плетёную корзинку; в ней были сложены старые игрушки, в которые я уже не играл. Потому что я уже вырос и осенью мне должны были купить школьную форму и картуз с блестящим козырьком.

Мама стала копаться в этой корзинке, и, пока она копалась, я видел мой старый трамвайчик без колёс и на верёвочке, пластмассовую дудку, помятый волчок, одну стрелу с резиновой нашлёпкой, обрывок паруса от лодки, и несколько погремушек, и много ещё разного игрушечного утиля. И вдруг мама достала со дна корзинки здоровущего плюшевого мишку.

Она бросила его мне на диван и сказала:

– Вот. Это тот самый, что тебе тётя Мила подарила. Тебе тогда два года исполнилось. Хороший мишка, отличный. Погляди, какой тугой! Живот какой толстый! Ишь как выкатил! Чем не груша? Ещё лучше! И покупать не надо! Давай тренируйся сколько душе угодно! Начинай!

И тут её позвали к телефону, и она вышла в коридор.

А я очень обрадовался, что мама так здорово придумала. И я устроил мишку поудобнее на диване, чтобы мне

сподручней было об него тренироваться и развивать силу удара.

Он сидел передо мной такой шоколадный, но здорово облезлый, и у него были разные глаза: один его собственный – жёлтый стеклянный, а другой большой белый – из пуговицы от наволочки; я даже не помнил, когда он появился. Но это было не важно, потому что мишка довольно весело смотрел на меня своими разными глазами, и он расставил ноги и выпятил мне навстречу живот, а обе руки поднял кверху, как будто шутил, что вот он уже заранее сдаётся...

И я вот так посмотрел на него и вдруг вспомнил, как давным-давно я с этим мишкой ни на минуту не расставался, повсюду таскал его за собой, и нянькал его, и сажал его за стол рядом с собой обедать, и кормил его с ложки манной кашей, и у него такая забавная мордочка становилась, когда я его чем-нибудь перемазывал, хоть той же кашей или вареньем, такая забавная милая мордочка становилась у него тогда, прямо как живая; и я его спать с собой укладывал, и укачивал его, как маленького братишку, и шептал ему разные сказки прямо в его бархатные твёрденькие

ушки, и я его любил тогда, любил всей душой, я за него тогда жизнь бы отдал. И вот он сидит сейчас на диване, мой бывший самый лучший друг, настоящий друг детства. Вот он сидит, смеётся разными глазами, а я хочу тренировать об него силу удара...

– Ты что? – сказала мама, она уже вернулась из коридора. – Что с тобой?

А я не знал, что со мной, я долго молчал и отвернулся от мамы, чтобы она по голосу или губам не догадалась, что со мной, и я задрал голову к потолку, чтобы слёзы вкатились обратно, и потом, когда я скрепился немного, я сказал:

– Ты о чём, мама? Со мной ничего... Просто я раздумал. Просто я никогда не буду боксёром.

ЗАКОЛДОВАННАЯ БУКВА

Недавно мы гуляли во дворе: Алёнка, Мишка и я. Вдруг во двор въехал грузовик. А на нём лежит ёлка. Мы побежали за машиной. Вот она подъехала к домоуправлению, остановилась, и шофёр с нашим дворником стали ёлку выгружать. Они кричали друг на друга:

– Легче! Давай заноси! Правея! Левея! Становь её на попа́! Легче, а то весь шпиц обломаешь.

И когда выгрузили, шофёр сказал:

– Теперь надо эту ёлку заактировать, – и ушёл.

А мы остались возле ёлки. Она лежала большая, мохнатая и так вкусно пахла морозом, что мы стояли как дураки и улыбались. Потом Алёнка взялась за одну веточку и сказала:

– Смотрите, а на ёлке сыски висят.

«Сыски»! Это она неправильно сказала! Мы с Мишкой так и покатились. Мы смеялись с ним оба одинаково, но потом Мишка стал смеяться громче, чтоб меня пересмеять.

Ну, я немножко поднажал, чтобы он не думал, что я сдаюсь. Мишка держался руками за живот, как будто ему очень больно, и кричал:

– Ой, умру от смеха! Сыски!..

А я, конечно, поддавал жару:

– Пять лет девчонке, а говорит «сыски»... Ха-ха-ха!

Потом Мишка упал в обморок и застонал:

– Ах, мне плохо! Сыски...

И стал икать:

– Ик!.. Сыски. Ик! Ик! Умру от смеха! Ик!

Тогда я схватил горсть снега и стал прикладывать его себе ко лбу, как будто у меня началось уже воспаление мозга и я сошёл с ума. Я орал:

— Девчонке пять лет, скоро замуж выдавать! А она — сыски.

У Алёнки нижняя губа скривилась так, что полезла за ухо.

— Я правильно сказала! Это у меня зуб вывалился и свистит. Я хочу сказать «сыски», а у меня высвистывается «сыски»...

Мишка сказал:

— Эка невидаль! У неё зуб вывалился! У меня целых три вывалилось да два шатаются, а я всё равно говорю

правильно! Вот слушай: хыхки! Что? Правда, здорово – хыхх-кии! Вот как у меня легко выходит: хыхки! Я даже петь могу:

– Ох, хыхечка зелёная,
Боюся уколюся я.

Но Алёнка как закричит. Одна громче нас двоих:
– Неправильно! Ура! Ты говоришь «хыхки», а надо «сыски»!
А Мишка:
– Именно, что не надо «сыски», а надо «хыхки».

И оба давай реветь. Только и слышно: «Сыски!» – «Хыхки!» – «Сыски!».

Глядя на них, я так хохотал, что даже проголодался. Я шёл домой и всё время думал: чего они так спорили, раз оба не правы? Ведь это очень простое слово. Я остановился на лестнице и внятно сказал:
– Никакие не сыски. Никакие не хыхки, а коротко и ясно: фыфки!

Вот и всё!

Что я люблю...

Я очень люблю лечь животом на папино колено, опустить руки и ноги и вот так висеть на колене, как бельё на заборе. Ещё я очень люблю играть в шашки, шахматы и домино, только чтобы обязательно выигрывать. Если не выигрывать, тогда не надо.

Я люблю слушать, как жук копается в коробочке. И люблю в выходной день утром залезать к папе в кровать, чтобы поговорить с ним о собаке: как мы будем жить просторней, и купим собаку, и будем с ней заниматься, и будем её кормить, и какая она будет потешная и умная, и как она будет воровать сахар, а я буду за нею сам вытирать лужицы, и она будет ходить за мной, как верный пёс.

Я люблю также смотреть телевизор: всё равно, что показывают, пусть даже только одни таблицы.

Я люблю дышать носом маме в ушко. Особенно я люблю петь и всегда пою очень громко.

Ужасно люблю рассказы про красных кавалеристов, и чтобы они всегда побеждали.

Люблю стоять перед зеркалом и гримасничать, как будто я Петрушка из кукольного театра. Шпроты я тоже очень люблю.

Люблю читать сказки про Канчиля. Это такая маленькая, умная и озорная лань. У неё весёлые глазки, и маленькие рожки, и розовые отполированные копытца. Когда мы будем жить просторней, мы купим себе Канчиля, он будет жить в ванной.

Ещё я люблю плавать там, где мелко, чтобы можно было держаться руками за песчаное дно.

Я люблю на демонстрациях махать красным флажком и дудеть в «уйди-уйди!».

Очень я люблю звонить по телефону.

Я люблю строгать, пилить, я умею лепить головы древних воинов и бизонов, и я слепил глухаря и Царь-пушку. Всё это я люблю дарить.

Когда я читаю, я люблю грызть сухарь или ещё что-нибудь.

Я люблю гостей.

Ещё я очень люблю ужей, ящериц и лягушек. Они такие ловкие. Я ношу их в карманах. Я люблю, чтобы ужик лежал на столе, когда я обедаю. Люблю, когда бабушка кричит про лягушонка: «Уберите эту гадость!» — и убегает из комнаты. Тогда я помираю от смеха!

Я люблю посмеяться... Иногда мне нисколько не хочется смеяться, но я себя заставляю, выдавливаю из себя смех – смотришь, через пять минут и вправду становится смешно, и я прямо кисну от смеха!

Когда у меня хорошее настроение, я люблю скакать. Однажды мы с папой пошли в зоопарк, и я скакал вокруг него на улице, и он спросил:

– Ты что скачешь?

А я сказал:

– Я скачу, что ты мой папа!

Он понял.

Я люблю ходить в зоопарк. Там чудесные слоны. И есть один слонёнок. Когда мы будем жить просторней, мы купим слонёнка. Я выстрою ему гараж.

Я очень люблю стоять позади автомобиля, когда он фырчит, и нюхать бензин.

Люблю ходить в кафе – есть мороженое и запивать его газированной водой. От неё колет в носу и слёзы выступают на глазах.

Когда я бегаю по коридору, то люблю изо всех сил топать ногами.

Очень люблю лошадей – у них такие красивые и добрые лица.

Я много чего люблю!

...И чего не люблю!

Чего не люблю, так это лечить зубы. Как увижу зубное кресло, сразу хочется убежать на край света. Ещё не люблю, когда приходят гости, вставать на стул и читать стихи.

Не люблю, когда папа с мамой уходят в театр.

Терпеть не могу яйца всмятку, когда их взбалтывают в стакане, накрошат туда хлеба и заставляют есть.

Ещё не люблю, когда мама идёт со мной погулять и вдруг встречает тётю Розу! Они тогда разговаривают только друг с дружкой, а я просто не знаю, чем бы заняться.

Не люблю ходить в новом костюме – я в нём как деревянный.

Когда мы играем в красных и белых, я не люблю быть белым. Тогда я выхожу из игры, и всё! А когда я бываю красным, не люблю попадать в плен. Я всё равно убегаю.

Не люблю, когда у меня выигрывают.

Не люблю, когда день рождения, играть в «каравай»: я не маленький.

Не люблю, когда ребята задаются.

И очень не люблю, когда порежусь, вдобавок – мазать палец йодом.

Я не люблю, что у нас в коридоре тесно и взрослые каждую минуту снуют туда-сюда, кто со сковородкой, кто с чайником, и кричат:

– Дети, не вертитесь под ногами! Осторожно, у меня горячая кастрюля!

А когда я ложусь спать, не люблю, чтобы в соседней комнате пели хором:

– Ландыши, ландыши...

Очень не люблю, что по радио мальчишки и девчонки говорят старушечьими голосами!
Не люблю, что нет изобретения против клякс!

Ровно 25 кило

Ура! Нам с Мишкой дали пригласительный билет в клуб «Металлист», на детский праздник. Это тётя Дуся постаралась: она в этом клубе главная уборщица. Билет-то она нам дала один, а написано на нём: «На два лица»! На моё, значит, лицо и на Мишкино. Мы с ним очень обрадовались, тем более это недалеко от нас, за углом. Мама сказала:

— Вы только там не балуйтесь.

И дала нам денег, каждому по пятнадцать копеек.

И мы пошли с Мишкой.

Там в раздевалке была страшная толчея и очередь. Мы с Мишкой встали самые последние. Очередь чересчур медленно двигалась. Но вдруг наверху заиграла музыка, и мы с Мишкой заметались из стороны в сторону, чтобы поскорее снять пальто, и многие ребята тоже, как только услышали эту музыку, заметались как подстреленные и даже стали реветь, что они опаздывают на самое интересное.

Но тут, откуда ни возьмись, выскочила тётя Дуся:

— Дениска с Мишкой! Вы чего там колготитесь-то? Сюда давайте!

И мы побежали к ней, а у неё свой отдельный кабинет под лестницей, там щётки стоят и вёдра. Тётя Дуся взяла наши вещи и сказала:

— Здесь и оденетесь, чертенята!

И мы понеслись с Мишкой по лестнице, через ступеньки, наверх. Ну а там действительно было красиво! Ничего не скажешь! Все потолки были увешаны разноцветными бумажными лентами и фонариками, всюду горели красивые лампы из зеркальных осколков, играла музыка, и в толпе ходили наряженные артисты: один играл на трубе, другой – на барабане. Одна тётенька была одета как лошадь, и зайцы тоже были, и кривые зеркала, и Петрушка.

А в конце зала была ещё одна дверь, и на ней было написано: «Комната аттракционов».

Я спросил:

– Это что такое?

А Мишка сказал:

– Это разные затеи.

И правда, там были разные затеи. Например, там висело яблоко на нитке, и надо было заложить руки за спину и так, без рук, это яблоко грызть. Но оно вертится на нитке и никак не даётся. Это очень трудно и даже обидно. Я два раза хватал это яблоко руками и кусал. Но мне не давали его сгрызть, а только смеялись и отнимали. Ещё там была стрельба из лука, а на конце стрелы не наконечник, а резиновая нашлёпка, она присасывается, и вот, кто попадёт в картонку, в центр, где нарисована обезьяна, тому приз – хлопушка с секретом.

Мишка стрелял первый, он долго метился, а когда выстрелил, то разбил одну далёкую лампу, а в обезьяну не попал...

Я говорю:

– Эх ты, стрелок!

– Это я ещё не пристрелялся! Если бы дали пять стрел, я бы пристрелялся. А то дали одну – где тут попасть!

Я повторяю:

– Давай, давай! Гляди-ка, я сейчас же попаду в обезьянку!

И дяденька, который распоряжался этим луком, дал мне стрелу и говорит:

– Ну, стреляй, снайпер!

И сам пошёл поправить обезьянку, потому что она как-то покосилась. А я уже прицелился и всё ждал, когда он поправит, а лук был очень тугой, и я всё время приговаривал: «Сейчас я убью эту обезьянку», – и вдруг стрела сорвалась, и хлоп! Вонзилась дяденьке в лопатку. И там, на лопатке, затрепетала.

Все вокруг захлопали и засмеялись, а дяденька обернулся как ужаленный и закричал:

– Что тут смешного? Не понимаю! Уходи, озорник, нет тебе больше никакого лука!

Я сказал:

– Я не нарочно! – и ушёл от этого места.

Просто удивительно, как нам не повезло, и я был очень сердитый, и Мишка, конечно, тоже. И вдруг видим – стоят весы. И к ним небольшая весёлая очередь, которая быстро движется, и все тут шутят и хохочут. И около весов клоун. Я спрашиваю:

– Это что за весы?

А мне говорят:

– Становись, взвешивайся. Если в тебе окажется двадцать пять кило весу, тогда твоё счастье. Получишь премию: годовую подписку на журнал «Мурзилка».

Я говорю:

– Мишка, давай попробуем?

Гляжу, а Мишки нет. И куда он подевался, неизвестно. Я решил один попробовать. А вдруг я вешу ровно 25 кило? Вот будет удача!..

А очередь всё движется, и клоун в шапке ловко так щёлкает рычажками и всё шутит да шутит:

— У вас семь кило лишних — меньше кушайте мучного! — Щёлк-щёлк! — А вы, уважаемый товарищ, ещё мало каши ели, и всего-то вы тянете девятнадцать килишек! Заходите через годик. — Щёлк-щёлк!

И так далее, и все смеются, и отходят, очередь движется, и никто не весит ровно двадцать пять кило, и вот доходит дело до меня.

Я влез на весы — рычажки щёлк-щёлк, и клоун говорит:

— Ого! Знаешь игру в горячо-холодно?

Я говорю:

— Кто ж не знает!

Он говорит:

— У тебя довольно горячо получилось. Твой вес двадцать четыре кило пятьсот граммов. Не хватает ровно полкило. А жаль! Будь здоров!

Подумаешь, всего только полкило не хватает!

У меня совсем настроение испортилось. Вот какой день невезучий!

И тут Мишка появляется.

Я говорю:

— Где это ваша милость пропадает?

Мишка говорит:

— Ситро пил.

Я говорю:

— Хорош, нечего сказать. Я тут стараюсь, «Мурзилку» выигрываю, а он ситро пьёт.

И я ему всё рассказал. Мишка говорит:

— А ну-ка я!

И клоун щёлкнул рычажком и захохотал:

— Небольшой перебор-с! Двадцать пять кило пятьсот граммов. Вам надо похудеть. Следующий.

Мишка слез и говорит:

— Эх, зря я ситро пил...

Я говорю:

— А при чём здесь ситро?

А Мишка:

— Я целую бутылку выпил! Понимаешь?

Я говорю:

— Ну и что?

Мишка даже разозлился:

— Да разве ты не знаешь, что в бутылке помещается ровно пол-литра воды?

Я говорю:

— Знаю. Ну и что?

Тут Мишка прямо зашипел:

— А пол-литра воды — это и есть полкило. Пятьсот граммов! Если бы я не пил, я бы весил ровно двадцать пять кило!

Я говорю:

— Ну да?!

Мишка говорит:

— Вот то-то и оно-то!

И тут меня словно осенило.

— Мишка, — сказал я, — а Мишка! «Мурзилка» наш!

Мишка говорит:

— А каким образом?

— А таким. Пришло моё время ситро пить. У меня как раз пятьсот граммов не хватает!

Мишка даже подскочил:

— Всё ясно, бежим в буфет!

И мы быстро купили бутылку воды, продавщица её откупорила, а Мишка спросил:

— Тётя, а в бутылке всегда ровно пол-литра, недолива не бывает?

Продавщица покраснела:

— Ты ещё маленький такие глупости мне говорить!

Я взял бутылку, сел за столик и начал пить. Мишка стоял рядом и смотрел. Вода была очень холодная. Но я выпил полный стакан просто залпом. Мишка сейчас же налил мне второй, но там ещё осталось на дне довольно много, и мне уже не хотелось больше пить.

Мишка сказал:

— Давай не задерживай.

А я сказал:

— Уж очень холодная. Как бы ангину не схватить.

Мишка говорит:

— Ты не будь мнительным. Говори, струсил, да?

Я говорю:

— Это ты, наверно, струсил.

И стал пить второй стакан.

Он довольно трудно в меня лился. Я как только три четверти этого второго стакана выпил, так понял, что я уже полный. До краёв.

Я говорю:

— Стоп, Мишка! Больше не войдёт!

— Войдёт, войдёт. Это только так кажется! Пей.

Я попробовал. Не лезет.

Мишка говорит:

— Ты чего расселся, как барон! Ты встань, так влезет!

Я встал. И правда, допил стакан каким-то чудом. А Мишка сейчас же налил мне всё, что оставалось в бутылке. Получилось больше, чем полстакана.

Я говорю:

— Я сейчас лопну.

Мишка говорит:

— А как же я не лопнул? Я ведь тоже думал, что лопну. Давай поднажми.

— Мишка. Если. Я лопну. Ты. Будешь. Отвечать.

Он говорит:

— Хорошо. Пей давай.

И я опять стал пить. И всё выпил. Просто чудеса какие-то! Только я говорить не мог. Потому что вода перелилась уже выше горла и булькала во рту. И понемножку выливалась из носа. И я побежал к весам. Клоун не узнал меня. Он сделал «щёлк-щёлк» и вдруг закричал на весь зал:

— Уррра! Есть! Точно!!! Тютелька в тютельку. Годовая подписка на «Мурзилку» выиграна. Она досталась мальчику, который весит ровно двадцать пять килограммов. Вот квитанция, сейчас я её заполню. Похлопаем!

Он взял мою левую руку и поднял её вверх, и все захлопали, и клоун спел туш! Потом он взял вечное перо и сказал:

— Ну! Как тебя зовут? Имя и фамилия? Отвечай!

Но я молчал. Я был наполненный и не мог говорить.

Тут Мишка закричал:

— Его зовут Денис. Фамилия Кораблёв! Пишите, я его знаю!

Клоун протянул мне заполненную квитанцию и сказал:

— Скажи хоть спасибо!

Я мотнул головой, а Мишка опять закричал:

— Это он говорит «спасибо». Я его знаю!

А клоун говорит:

— Ну и мальчик! Выиграл «Мурзилку», а сам молчит, как будто воды в рот набрал!

А Мишка говорит:

— Не обращайте внимания, он застенчивый, я его знаю!

И он схватил меня за руку и поволок вниз. И я на улице немножко отдышался. Я сказал:

— Мишка, мне как-то не хочется нести эту подписку домой, раз во мне только двадцать четыре с половиной кило.

А Мишка говорит:

— Тогда отдай мне. Во мне-то аккурат двадцать пять. Если бы я не пил ситро, я бы сразу её получил. Давай сюда.

— Что ж, я, по-твоему, напрасно страдал? Нет уж, пусть она будет наша общая — напополам!

Тогда Мишка сказал:

— Правильно!

Похититель собак

Ещё вот какая была история. Когда я жил у дяди Володи на даче, недалеко от нас жил Борис Климентьевич, худой такой дядька, весёлый, с палкой в руке и высокий, как забор.

У него была собачка под названием Чапка. Очень хорошая собачушка, чёрная, мохнатая, морда кирпичом, хвостик торчком. И я с ней очень подружился.

Вот один раз Борис Климентьевич задумал идти купаться, а Чапку не захотел с собой брать. Потому что она уже один раз ходила с ним на пляж и из этого вышла скандальная история. В тот раз Чапка полезла в воду, а в воде плавала одна тётенька. Она плавала на автомобильной камере, чтоб не утонуть. И она сразу закричала на Чапку:

– Пошла вон! Вот ещё! Не хватало собачью заразу напускать! – И стала брызгать на Чапку: – Вон пошла, вон!

Чапке это не понравилось, и она прямо на плаву хотела эту тётку цапнуть, но до неё не достала, а камеру всё-таки ухватила своими остренькими зубками. Один только разик куснула, и камера зашипела и выдохлась. А тётенька стала думать, что она тонет, и она завизжала:

– Тону, спасите!

Весь пляж страшно перепугался. И Борис Климентьевич кинулся её спасать. Там, где эта тётенька барахталась, ему река была по колено, а тётеньке по плечи. Он её спас, а Чапку постегал прутиком – для виду, конечно. И с тех пор перестал её брать на реку.

И вот теперь он попросил меня погулять во дворе с Чапкой, чтобы она не увязалась за ним. И я вошёл во двор, и мы стали с Чапкой носиться и кувыркаться, прыгать и колбаситься, подскакивать, и вертеться, и лаять, визжать, и смеяться, и валяться. А Борис Климентьевич спокойно ушёл. И мы с Чапкой вдоволь наигрались, а в это время мимо забора шёл Ванька Дыхов с удочкой.

Он говорит:

— Дениска, пойдём рыбу ловить!

Я говорю:

— Не могу, я Чапку стерегу.

Он говорит:

— Посади Чапку в дом. Захвати свой бредень и догоняй.

И пошёл дальше. А я взял Чапку за ошейник и тихонечко поволок по траве. Она легла, лапки кверху, и поехала, как на салазках. Я открыл дверь, втащил её в коридор, дверь прикрыл и пошёл за бреднем. Когда я опять вышел на дорогу, Ваньки уже не было. Он скрылся за углом. Я полетел его догонять и вдруг возле продовольственной палатки вижу: на самой середине дороги сидит моя Чапка, язык высунула и смотрит на меня как ни в чём не бывало... Вот так да! Это значит, я дверь плохо прикрыл, или она ещё как-то исхитрилась и,

наверное, пробежала дворами, а теперь сидит встречает! Умна! Но ведь мне надо спешить. Там Ванька уже, наверное, рыбу таскает, а я тут с ней возись. Главное, я бы взял её с собой, но Борис Климентьевич может вернуться, и, если он её не застанет дома, он разволнуется, бросится искать, и потом меня будут ругать... Нет, так дело не пойдёт! Придётся её обратно волочить.

Я схватил её за ошейник и потащил домой. На этот раз Чапка упиралась в землю всеми четырьмя лапами. Она волоклась за мной на своём животе, как лягушка. Я её еле доволок до дверей. Открыл узенькую щёлку, впихнул и дверь захлопнул крепко-накрепко. Она там зарычала и залаяла, но я не стал её утешать. Я обошёл весь дом, закрыл все окна и калитку тоже. И хотя я очень устал от возни с Чапкой, я всё-таки припустился бежать к реке. Я довольно быстро бежал, и когда я уже поравнялся с трансформаторной будкой, из-за неё выскочила... опять Чапка! Я даже оторопел. Я просто не верил своим глазам. Я подумал, что она мне снится... Но тут Чапка стала делать вид, что вот она меня сейчас укусит за то, что я её оставил дома. Рычит и лает на меня! Ну, погоди же, я тебе покажу! И я стал хватать её за ошейник, но она не давалась, она увёртывалась, хрипела, отступала, отскакивала и всё время лаяла. Тогда я стал приманивать:

— Чапочка, Чапочка, тю-тю-тю, лохмушенька, на-на-на!

Но она продолжала издеваться и не давала себя поймать. Главное, мне мешал мой бредень, у меня была не та ловкость. И мы так долго скакали вокруг будки. И вдруг я вспомнил, что недавно видел в телевизоре картину «Тропою джунглей». Там показано, как охотники ловят обезьян сетями. Я сразу сообразил, взял свой бредень, как сачок, и хлоп! Накрыл Чапку, как обезьянку. Она прямо взвыла от злости, но я быстро закутал её как следует, перекинул бредень через плечо и, как настоящий

охотник, потащил её домой через весь посёлок. Чапка висела у меня за спиной в сетке, как в гамаке, и только изредка подвывала. Но я уже не обращал на неё никакого внимания, а просто взял её и вытряхнул в окошко и припёр его снаружи палкой. Она сразу там залаяла и зарычала на разные голоса, а я уже в третий раз побежал за Ванькой. Это я так рассказываю быстро, а на самом деле времени прошло очень много. И вот у самой реки я встретил Ваньку. Он шёл весёлый, а в руке у него была травинка, а на травинке нанизаны две уклейки, большие, с чайную ложку каждая. Я говорю:

— Ого! А у тебя, вижу, здорово клевало!

Ванька говорит:

— Да, просто не успевал вытаскивать. Давай отнесём эту рыбу моей маме на уху, а после обеда снова пойдём. Может, и ты что-нибудь поймаешь.

И так за разговором мы незаметно дошли до дома Бориса Климентьевича. А около его дома стояла небольшая толпа. Там был дядька в полосатых штанах, с животом как подушка, и ещё там была тётенька тоже в штанах и с голой спиной. Был ещё мальчишка в очках и ещё кто-то. Они все размахивали руками и что-то кричали. А потом мальчишка в очках увидел меня да как закричит:

— Вот он, вот он сам, собственной персоной!

Тут все обернулись на нас, и дядька в полосатых штанах завопил:

— Какой? С рыбой или маленький?!

Мальчишка в очках кричит:

— Маленький! Хватайте его! Это он!

И они все кинулись ко мне. Я немножко испугался и быстро отбежал от них, бросил бредень и влез на забор. Это был высокий забор: меня нипочём снизу не достать. Тётенька с голой спиной подбежала к забору и стала кричать нечеловеческим голосом:

— Отдай сейчас же Бобку! Куда ты его девал, негодник?

А дядька уткнулся животом в забор, кулаками стучит:

— А где моя Люська? Ты куда её увёл? Признавайся!

Я говорю:

— Отойдите от забора. Я никакого Бобку не знаю и Люську тоже. Я даже с ними не знаком! Ванька, скажи им!

Ванька кричит:

— Что вы напали на ребёнка? Я вот сейчас как сбегаю за мамой, тогда узнаете!

Я кричу:

— Ты беги поскорее, Ванька, а то они меня растерзают!

Ванька кричит:

— Держись, не слезай с забора!

И побежал.

А дядька говорит:

— Это соучастник, не иначе. Их тут целая шайка! Эй, ты, на заборе, отвечай сейчас же, где Люся?

Я говорю:

— Следите сами за своей доченькой!

— Ах, ты ещё острить? Слезай сию минуту, и пойдём в прокуратуру.

Я говорю:

— Ни за что не слезу!

Тогда мальчишка в очках говорит:

— Сейчас я его достану!

И давай карабкаться на забор. Но не умеет. Потому что не знает, где гвоздь, где что,

чтобы уцепиться. А я на этот забор сто раз лазил. Да ещё я этого мальчишку пяткой отпихиваю. И он, слава богу, срывается.

– Стой, Павля, – говорит дядька, – давай я тебя подсажу!

И этот Павля стал карабкаться на этого дядьку. И я опять испугался, потому что Павля был здоровый парень, наверное, учился уже в третьем или в четвёртом классе. И я подумал, что мне пришёл конец, но тут я вижу, бежит Борис Климентьевич, а из переулка Ванькина мама и Ванька. Они кричат:

– Стойте! В чём дело?

А дядька орёт:

– Ни в чём не дело! Просто этот мальчишка ворует собак! Он у меня собаку украл, Люсю.

И тётенька в штанах добавляет:

– И у меня украл, Бобку!

Ванькина мама говорит:

– Ни за что не поверю, хоть режьте.

А мальчишка в очках вмешивается:

– Я сам видел. Он нёс нашу собаку в сетке, за плечами! Я сидел на чердаке и видел!

Я говорю:

— Не стыдно врать? Чапку я нёс. Она из дому удрала!

Борис Климентьевич говорит:

— Это довольно положительный мальчик. С чего бы ему вдруг вступить на стезю преступлений и начать воровать собак? Пойдёмте в дом, разберёмся! Иди, Денис, сюда!

Он подошёл к забору, и я прямо перешёл к нему на плечи, потому что он был очень высокий, я уже говорил.

Тут все пошли во двор. Дядька фыркал, тётенька в штанах ломала пальцы, очкастый Павля шёл за ними, а я катился на Борисе Климентьевиче. Мы взошли на крыльцо. Борис Климентьевич открыл дверь, и вдруг оттуда выскочили три собаки! Три Чапки! Совершенно одинаковые! Я подумал, что это у меня в глазах троится.

Дядька кричит:

— Люсечка!

И одна Чапка кинулась и вскочила ему прямо на живот!

А тётенька в брюках и Павля вопят:

— Бобик! Бобка!

И рвут второго Чапку пополам: она за передние ноги тянет к себе, а он за задние — к себе! И только третья собака стоит возле нас и вертиком хвостит. То есть хвостиком вертит.

Борис Климентьевич говорит:

— Вот ты с какой стороны раскрылся? Я этого не ожидал. Ты зачем напихал полный дом чужих собак?

Я сказал:

– Я думал, что они Чапки! Ведь как похожи! Одно лицо. Прямо вылитые собачьи близнецы.

И я всё рассказал по порядку. Тут все стали хохотать, а когда успокоились, Борис Климентьевич сказал:

– Конечно, неудивительно, что ты обознался. Скотч-терьеры очень похожи друг на друга, настолько, что трудно бывает различить. Вот и сегодня, по совести говоря, не мы, люди, узнали своих собак, а собаки узнали нас. Так что ты ни в чём не виноват. Но всё равно знай, что с этих пор я буду называть тебя Похититель собак.

…И правда, он так меня называет…

Пожар во флигеле, или Подвиг во льдах...

Мы с Мишкой так заигрались в хоккей, что совсем забыли, на каком мы находимся свете, и когда спросили одного проходящего мимо дяденьку, который час, он нам сказал:

– Ровно два.

Мы с Мишкой прямо за голову схватились. Два часа! Каких-нибудь пять минут поиграли, а уже два часа! Ведь это же ужас! Мы же в школу опоздали! Я подхватил портфель и закричал:

– Бегом давай, Мишка!

И мы полетели как молнии. Но очень скоро устали и пошли шагом.

Мишка сказал:

– Не торопись, теперь уже всё равно опоздали.

Я говорю:

– Ох, влетит... Родителей вызовут! Ведь без уважительной же причины.

Мишка говорит:

– Надо её придумать. А то на совет отряда вызовут. Давай выдумаем поскорее!

Я говорю:

– Давай скажем, что у нас заболели зубы и что мы ходили их вырывать.

Но Мишка только фыркнул:

– У обоих сразу заболели, да? Хором заболели!.. Нет, так не бывает. И потом: если мы их рвали, то где же дырки?

Я говорю:

– Что же делать? Прямо не знаю... Ой, вызовут на совет и родителей пригласят!.. Слушай, знаешь что? Надо придумать что-нибудь интересное и храброе, чтобы нас ещё и похвалили за опоздание, понял?

Мишка говорит:

– Это как?

– Ну, например, выдумаем, что где-нибудь был пожар, а мы как будто ребёнка из этого пожара вытащили, понял?

Мишка обрадовался:

– Ага, понял! Можно про пожар выдумать, а то ещё лучше сказать, как будто лёд на пруду проломился, и ребёнок этот – бух!.. В воду упал! А мы его вытащили... Тоже красиво!

– Ну да, – говорю я, – правильно! Но пожар всё-таки лучше!

– Ну нет, – говорит Мишка, – именно что лопнувший пруд интереснее!

И мы с ним ещё немножко поспорили, что интересней и храбрей, и не доспорили, а уже пришли к школе. А в раздевалке наша гардеробщица тётя Паша вдруг говорит:

– Ты где это так оборвался, Мишка? У тебя весь воротник без пуговиц. Нельзя таким чучелом в класс являться. Всё равно уж ты опоздал, давай хоть пуговицы-то пришью! Вон у меня их целая коробка. А ты, Дениска, иди в класс, нечего тебе тут торчать!

Я сказал Мишке:

– Ты поскорее тут шевелись, а то мне одному, что ли, отдуваться?

Но тётя Паша шуганула меня:

– Иди, иди, а он за тобой! Марш!

И вот я тихонько приоткрыл дверь нашего класса, просунул голову, и вижу весь класс, и слышу, как Раиса Ивановна диктует по книжке:

– «Птенцы пищат...»

А у доски стоит Валерка и выписывает корявыми буквами:

«Птенцы пестчат...»

Я не выдержал и рассмеялся, а Раиса Ивановна подняла глаза и увидела меня. Я сразу сказал:

— Можно войти, Раиса Ивановна?

— Ах, это ты, Дениска, — сказала Раиса Ивановна. — Что ж, входи! Интересно, где это ты пропадал?

Я вошёл в класс и остановился у шкафа. Раиса Ивановна вгляделась в меня и прямо ахнула:

— Что у тебя за вид? Где это ты так извалялся? А? Отвечай толком!

А я ещё ничего не придумал и не могу толком отвечать, а так, говорю что попало, всё подряд, только чтобы время протянуть:

— Я, Раиса Иванна, не один... Вдвоём мы, вместе с Мишкой... Вот оно как. Ого!.. Ну и дела. Так и так!

И так далее.

А Раиса Ивановна:

— Что-что? Ты успокойся, говори помедленней, а то непонятно! Что случилось? Где вы были? Да говори же!

А я совсем не знаю, что говорить. А надо говорить. А что будешь говорить, когда нечего говорить? Вот я и говорю:

— Мы с Мишкой. Да. Вот... Шли себе и шли. Никого не трогали. Мы в школу шли, чтоб не опоздать. И вдруг такое! Такое дело, Раиса Ивановна, прямо ох-хо-хо! Ух ты! Ай-яй-яй!

Тут все в классе рассмеялись и загалдели. Особенно громко —

Валерка. Потому что он уже давно предчувствовал двойку за своих «птенцов». А тут урок остановился, и можно смотреть на меня и хохотать. Он прямо покатывался. Но Раиса Ивановна быстро прекратила этот базар.

— Тише, — сказала она, — дайте разобраться! Кораблёв! Отвечай, где вы были? Где Миша?

А у меня в голове уже началось какое-то завихрение от всех этих приключений, и я ни с того ни сего заявил:

— Мишка сейчас тётю Пашу к пуговице пришивает! То есть воротник пришивает к тёте Паше!

Опять шум и смех. А Раиса Ивановна ужасно покраснела, и тут я понял, что хочешь не хочешь, а теперь уж надо что-нибудь сказать.

Я взял и брякнул:

— Там пожар был!

И сразу все утихли. А Раиса Ивановна побледнела и говорит:

— Где пожар?

А я:

— Возле нас. Во дворе. Во флигеле. Дым валит — прямо клубами. А мы идём с Мишкой мимо этого... как его... мимо чёрного хода! А дверь этого хода кто-то доской снаружи припёр. Вот. А мы идём! А оттуда, значит, дым! И кто-то пищит. Задыхается. Ну, мы доску отняли, а там маленькая девочка. Плачет. Задыхается. Ну, мы её за руки, за ноги — спасли. А тут её мама прибегает, говорит: «Как ваша фамилия, мальчики? Я про вас в газету благодарность напишу». А мы с Мишкой говорим: «Что вы, какая может быть благодарность за эту пустяковую девчонку! Не стоит благодарности. Мы скромные ребята!» Вот. И мы ушли с Мишкой. Можно сесть, Раиса Ивановна?

Она встала из-за стола и подошла ко мне. Глаза у неё были серьёзные и счастливые. Она сказала:

— Как это хорошо! Очень, очень рада, что вы с Мишей такие молодцы! Иди садись. Сядь. Посиди...

И я видел, что она прямо хочет меня погладить или даже поцеловать. И мне от всего этого не очень-то весело стало. И я пошёл потихоньку на своё место, и весь класс смотрел на меня, как будто я и вправду сотворил что-то особенное. И на душе у меня скребли кошки. Но в это время дверь распахнулась, и на пороге показался Мишка. Все повернулись и стали смотреть на него. А Раиса Ивановна обрадовалась.

— Входи, — сказала она, — входи, Мишук, садись. Сядь. Посиди. Успокойся. Ты ведь, конечно, тоже переволновался.

— Ещё как! — говорит Мишка. — Боялся, что вы заругаетесь.

— Ну, раз у тебя уважительная причина, — говорит Раиса Ивановна, — ты мог не волноваться. Всё-таки вы с Дениской человека спасли. Не каждый день такое бывает.

Мишка даже рот разинул. Он, видно, совершенно забыл, о чём мы с ним говорили.

— Ч-ч-человека? — говорит Мишка и даже заикается. — С-с-спасли? А кк-кк-кто спас?

Тут я понял, что Мишка сейчас всё испортит. И я решил ему помочь, чтобы натолкнуть его и чтобы он вспомнил, и так ласковенько ему улыбнулся и говорю:

— Ничего не поделаешь, Мишка, брось притворяться... Я уже всё рассказал!

И сам в это время делаю ему глаза со значением: что я уже всё наврал и чтобы он не подвёл! И я ему подмигиваю, уже прямо двумя глазами, и вдруг вижу — он вспомнил! И сразу догадался, что надо делать дальше! Вот наш милый Мишенька глазки опустил, как самый скромный на свете маменькин сынок, и таким противным, приличным голоском говорит:

— Ну зачем ты это! Ерунда какая...

И даже покраснел, как настоящий артист. Ай да Мишка! Я прямо не ожидал от него такой прыти. А он сел за парту как ни в чём не бывало и давай тетради раскладывать. И все на него смотрели с уважением, и я тоже. И наверно, этим дело бы и кончилось. Но тут чёрт всё-таки дёрнул Мишку за язык, он огляделся вокруг и ни с того ни с сего сказал:

— А он вовсе не тяжёлый был. Кило десять — пятнадцать, не больше...

Раиса Ивановна говорит:

— Кто? Кто не тяжёлый, кило десять — пятнадцать?

А Мишка:

— Да мальчишка этот.

— Какой мальчишка?

А Мишка:

— Да которого мы из-подо льда вытащили...

— Ты что-то путаешь, — говорит Раиса Ивановна, — ведь это была девочка! И потом, откуда там лёд?

А Мишка гнёт своё:

— Как — откуда лёд? Зима, вот и лёд! Все Чистые пруды замёрзли. А мы с Дениской идём, слышим — кто-то из проруби кричит. Барахтается и пищит. Карабкается. Бултыхается и хватается руками. Ну а лёд что? Лёд, конечно, обламывается! Ну, мы с Дениской подползли,

этого мальчишку за руки, за ноги – и на берег. Ну, тут дедушка его прибежал, давай слёзы лить...

Я уже ничего не мог поделать: Мишка врал как по писаному, ещё лучше меня. А в классе уже все догадались, что он врёт и что я тоже врал, и после каждого Мишкиного слова все покатывались, а я ему делал знаки, чтобы замолчал и перестал врать, потому что он не то врал, что нужно, но куда там! Мишка никаких знаков не замечал и заливался соловьём:

– Ну, тут дедушка нам говорит: «Сейчас я вам именные часы подарю за этого мальчишку». А мы говорим: «Не надо, мы скромные ребята!»

Я не выдержал и крикнул:

– Только это был пожар! Мишка перепутал!

А он мне:

– Ты что, рехнулся, что ли? Какой может быть в проруби пожар? Это ты всё позабыл.

А в классе все падают в обморок от хохота, просто помирают. Раиса Ивановна ка-ак хлопнет по столу! Все замолчали. А Мишка так и остался стоять с открытым ртом.

Раиса Ивановна говорит:

– Как не стыдно врать! Какой позор! И я-то их считала хорошими ребятами!.. Продолжаем урок.

И все сразу перестали на нас смотреть. И в классе было тихо и как-то скучно. И я написал Мишке записку: «Вот видишь, надо было говорить правду!»

А он прислал ответ: «Ну конечно! Или говорить правду, или получше сговариваться».

Смерть шпиона Гадюкина

Оказывается, пока я болел, на улице стало совсем тепло и до весенних наших каникул осталось два или три дня. Когда я пришёл в школу, все закричали:

– Дениска пришёл, ура!

И я очень обрадовался, что пришёл, и что все ребята сидят на своих местах – и Катя Точилина, и Мишка, и Валерка, – и цветы в горшках, и доска такая же блестящая, и Раиса Ивановна весёлая, и всё, всё как всегда. И мы с ребятами ходили и смеялись на переменке, а потом Мишка вдруг сделал важный вид и сказал:

– А у нас будет весенний концерт!

Я сказал:

– Ну да?

Мишка сказал:

– Верно! Мы будем выступать на сцене. И ребята из четвёртого класса нам покажут постановку. Они сами сочинили. Интересная!..

Я сказал:

– А ты, Мишка, будешь выступать?

Он сказал:

– Подрастёшь – узнаешь.

И я стал с нетерпением дожидаться концерта. Дома я всё это сообщил маме, а потом сказал:

– Я тоже хочу выступать...

Мама улыбнулась и говорит:

– А что ты умеешь делать?

Я сказал:

– Как, мама, разве ты не знаешь? Я умею громко петь. Ведь я хорошо пою? Ты не смотри, что у меня тройка по пению. Всё равно я пою здорово.

Мама открыла шкаф и откуда-то из-за платьев сказала:

– Ты споёшь в другой раз. Ведь ты болел... Ты просто будешь на этом концерте зрителем. – Она вышла из-за шкафа. – Это так приятно – быть зрителем. Сидишь смотришь, как артисты выступают... Хорошо! А в другой раз ты будешь артистом, а те, кто уже выступал, будут зрителями. Ладно?

Я сказал:

– Ладно. Тогда я буду зрителем.

И на другой день я пошёл на концерт. Мама не могла со мной идти – она дежурила в институте, – а папа как раз уехал на какой-то завод на Урал, и я пошёл на концерт один.

В нашем большом зале стояли стулья и была сделана сцена, и на ней висел занавес. А внизу сидел за роялем Борис Сергеевич. И мы все уселись, а по стенкам встали бабушки нашего класса. А я пока стал грызть яблоко.

Вдруг занавес открылся, и появилась вожатая Люся. Она сказала громким голосом, как по радио:

– Начинаем наш весенний концерт! Сейчас ученик первого класса «В» Миша Слонов прочтёт нам свои собственные стихи! Попросим!

Тут все захлопали, и на сцену вышел Мишка. Он довольно смело вышел, дошёл до середины и остановился. Он постоял так немножко и заложил руки за спину. Опять постоял. Потом выставил вперёд левую ногу. Все ребята сидели тихо-тихо и смотрели на Мишку. А он убрал левую ногу и выставил правую. Потом он вдруг стал откашливаться:

– Кхм! Кхм!.. Кхме!..

Я сказал:

– Ты что, Мишка, поперхнулся?

Он посмотрел на меня как на незнакомого. Потом поднял глаза в потолок и сказал:

– Стих.

> Пройдут года, наступит старость!
> Морщины вскочут на лице!
> Желаю творческих успехов!
> Чтоб хорошо учились и дальше все!

...Всё!

И Мишка поклонился и полез со сцены. И все ему здорово хлопали, потому что, во-первых, стихи были очень хорошие, а во-вторых, подумать только: Мишка сам их сочинил! Просто молодец!

И тут опять вышла Люся и объявила:

– Выступает Валерий Тагилов, первый класс «В»!

Все опять захлопали ещё сильнее, а Люся поставила стул на самой серёдке. И тут вышел наш Валерка со своим маленьким аккордеоном и сел на стул, а чемодан от аккордеона поставил себе под ноги, чтобы они не болтались в воздухе. Он сел и заиграл вальс «Амурские волны». И все слушали, и я тоже слушал и всё время думал: «Как это Валерка так быстро перебирает пальцами?» И я стал тоже так быстро перебирать пальцами по воздуху, но не мог поспеть за Валеркой. А сбоку, у стены, стояла Валеркина бабушка, она помаленьку дирижировала, когда Валерка играл. И он хорошо играл, громко, мне очень понравилось. Но вдруг он в одном месте сбился. У него остановились пальцы. Валерка немножко покраснел, но опять зашевелил пальцами, как будто дал им разбежаться; но пальцы добежали до какого-то места и опять остановились, ну просто как будто споткнулись. Валерка стал совсем красный и снова стал разбегаться, но теперь его пальцы бежали как-то боязливо, как будто знали, что они всё равно опять споткнутся, и я уже готов был лопнуть от злости, но в это время на том самом месте, где Валерка два раза спотыкался, его бабушка вдруг вытянула шею, вся подалась вперёд и запела:

– ...Серебрятся волны,
Серебрятся волны...

И Валерка сразу подхватил, и пальцы у него как будто перескочили через какую-то неудобную ступеньку и побежали дальше, дальше, быстро и ловко до самого конца. Вот уж ему хлопали так хлопали! А его бабушка даже кричала «бис»!

После этого на сцену выскочили шесть девочек из первого «А» и шесть мальчиков из первого «Б». У девочек в волосах были разноцветные ленты, а у мальчиков ничего не было. Они стали танцевать украинский гопак. Потом Борис Сергеевич сильно ударил по клавишам и кончил играть.

А мальчишки и девчонки ещё топали по сцене сами, без музыки, кто как, и это было очень весело, и я уже собирался тоже слазить к ним на сцену, но они вдруг разбежались. Вышла Люся и сказала:

– Перерыв пятнадцать минут. После перерыва учащиеся четвёртого класса покажут пьесу, которую они сочинили всем коллективом, под названием «Собаке – собачья смерть».

И все задвигали стульями и пошли кто куда, а я вытащил из кармана своё яблоко и начал его догрызать.

А наша октябрятская вожатая Люся стояла тут же, рядом. Вдруг к ней подбежала довольно высокая рыженькая девочка и сказала:

– Люся, можешь себе представить – Егоров не явился! Люся всплеснула руками:

— Не может быть! Что же делать? Кто ж будет звонить и стрелять?

Девочка сказала:

— Нужно немедленно найти какого-нибудь сообразительного паренька, мы его научим, что делать.

Тогда Люся стала глядеть по сторонам и заметила, что я стою и грызу яблоко. Она сразу обрадовалась.

— Вот, — сказала она. — Дениска! Чего же лучше! Он нам поможет! Дениска, иди сюда!

Я подошёл к ним поближе. Рыжая девочка посмотрела на меня и сказала:

— А он вправду сообразительный?

Люся говорит:

— По-моему, да!

А рыжая девочка говорит:

— А так, с первого взгляда, не скажешь.

Я сказал:

— Можешь успокоиться! Я сообразительный.

Тут они с Люсей засмеялись, и рыжая девочка потащила меня на сцену.

Там стоял мальчик из четвёртого класса, он был в чёрном костюме, и у него были засыпаны мелом волосы, как будто он седой; он держал в руках пистолет, а рядом с ним стоял другой мальчик, тоже из четвёртого класса. Этот мальчик был приклеен к бороде, на носу у него сидели синие очки, и он был в клеёнчатом плаще с поднятым воротником.

Тут же были ещё мальчики и девочки, кто с портфелем в руках, кто с чем, а одна девочка в косынке, халатике и с веником.

Я как увидел у мальчика в чёрном костюме пистолет, так сразу спросил его:

— Это настоящий?

Но рыжая девочка перебила меня.

— Слушай, Дениска! — сказала она. — Ты будешь нам помогать. Встань тут сбоку и смотри на сцену. Когда вот этот мальчик скажет: «Этого вы от меня не добьётесь, гражданин Гадюкин!» – ты сразу позвони в этот звонок. Понял?

И она протянула мне велосипедный звонок. Я взял его. Девочка сказала:

– Ты позвонишь, как будто это телефон, а этот мальчик снимет трубку, поговорит по телефону и уйдёт со сцены. А ты стой и молчи. Понял?

Я сказал:

– Понял, понял... Чего тут не понять? А пистолет у него настоящий? Парабеллум или какой?

– Погоди ты со своим пистолетом... Именно, что он не настоящий! Слушай: стрелять будешь ты здесь, за сценой. Когда вот этот, с бородой, останется один, он схватит со стола папку и кинется к окну, а этот мальчик, в чёрном костюме, в него прицелится, тогда ты возьми эту дощечку и что есть силы стукни по стулу. Вот так, только гораздо сильней!

И рыженькая девочка бахнула по стулу доской. Получилось очень здорово, как настоящий выстрел. Мне понравилось.

– Здорово! – сказал я. – А потом?
– Это всё, – сказала девочка. – Если понял, повтори!
Я всё повторил. Слово в слово.
Она сказала:
– Смотри же, не подведи!
Я сказал:
– Можешь успокоиться. Я не подведу.
И тут раздался наш школьный звонок, как на уроки.

Я положил велосипедный звонок на отопление, прислонил дощечку к стулу, а сам стал смотреть в щёлочку занавеса. Я увидел, как пришли Раиса Ивановна и Люся, и как садились ребята, и как бабушки опять встали у стенок, а сзади чей-то папа взгромоздился на табуретку и начал наводить на сцену фотоаппарат. Было очень интересно отсюда смотреть туда, гораздо интересней, чем оттуда сюда. Постепенно все стали затихать, и девочка, которая меня привела, побежала на другую сторону сцены и потянула за верёвку. И занавес открылся, и эта девочка спрыгнула в зал. А на сцене стоял стол, и за ним сидел мальчик в чёрном костюме, и я знал, что в кармане у него пистолет. А напротив этого мальчика ходил мальчик с бородой. Он сначала рассказал, что долго жил за границей, а теперь вот приехал опять, и потом стал нудным голосом приставать и просить, чтобы мальчик в чёрном костюме показал ему план аэродрома.

Но тот сказал:
– Этого вы от меня не добьётесь, гражданин Гадюкин!
Тут я сразу вспомнил про звонок и протянул руку к отоплению. Но звонка там не было. Я подумал, что он упал на пол, и наклонился посмотреть. Но его не было и на полу. Я даже весь обомлел. Потом я взглянул на сцену. Там было тихо-тихо. Но потом мальчик в чёрном костюме подумал и снова сказал:
– Этого вы от меня не добьётесь, гражданин Гадюкин!
Я просто не знал, что делать. Где звонок? Он только что был здесь! Не мог же он сам ускакать, как лягуш-

ка! Может быть, он скатился за батарею? Я присел на корточки и стал шарить по пыли за батареей. Звонка не было! Нету!.. Люди добрые, что же делать?!

А на сцене бородатый мальчик стал ломать себе пальцы и кричать:

— Я вас пятый раз умоляю! Покажите план аэродрома!

А мальчик в чёрном костюме повернулся ко мне лицом и закричал страшным голосом:

— Этого вы от меня не добьётесь, гражданин Гадюкин!

И погрозил мне кулаком. И бородатый тоже погрозил мне кулаком. Они оба мне грозили!

Я подумал, что они меня убьют. Но ведь не было звонка! Звонка-то не было! Он же потерялся!

Тогда мальчик в чёрном костюме схватился за волосы и сказал, глядя на меня с умоляющим выражением лица:

— Сейчас, наверно, позвонит телефон! Вот увидите, сейчас позвонит телефон! Сейчас позвонит!

И тут меня осенило. Я высунул голову на сцену и быстро сказал:

— Динь-динь-динь!

И все в зале страшно рассмеялись. Но мальчик в чёрном костюме очень обрадовался и сразу схватился за трубку. Он весело сказал:

— Слушаю вас! — и вытер пот со лба.

А дальше всё пошло как по маслу. Мальчик в чёрном встал и сказал бородатому:

— Меня вызывают. Я приеду через несколько минут.

И ушёл со сцены. И встал на другой стороне. И тут мальчик с бородой пошёл на цыпочках к его столу и стал там рыться и всё время оглядывался. Потом он злорадно рассмеялся, схватил какую-то папку и побежал к задней стене, на которой было наклеено картонное окно. Тут выбежал другой мальчик и стал в него целиться из пистолета. Я сразу схватил доску да как трахну по стулу изо всех сил. А на стуле сидела какая-то неизвестная кошка. Она закричала диким голосом, потому что я попал ей по хвосту.

Выстрела не получилось, зато кошка поскакала на сцену. А мальчик в чёрном костюме бросился на бородатого и стал душить. Кошка носилась между ними. Пока мальчики боролись, у бородатого отвалилась борода. Кошка решила, что это мышь, схватила её и убежала. А мальчик как только увидел, что он остался без бороды, так сразу лёг на пол – как будто умер. Тут на сцену прибежали остальные ребята из четвёртого класса, кто с портфелем, кто с веником, они все стали спрашивать:

– Кто стрелял? Что за выстрелы?

А никто не стрелял. Просто кошка подвернулась и всему помешала.

Но мальчик в чёрном костюме сказал:

– Это я убил шпиона Гадюкина!

И тут рыженькая девочка закрыла занавес. И все, кто был в зале, хлопали так сильно, что у меня заболела голова. Я быстренько спустился в раздевалку, оделся и побежал домой.

А когда я бежал, мне всё время что-то мешало. Я остановился, полез в карман и вынул оттуда... велосипедный звонок!

Старый Мореход

Марья Петровна часто ходит к нам чай пить. Она вся такая полная, платье на неё натянуто тесно, как наволочка на подушку. У неё в ушах разные серёжки болтаются. И душится она чем-то сухим и сладким. Я когда этот запах слышу, так у меня сразу горло сжимается. Марья Петровна всегда как только меня увидит, так сразу начинает приставать: кем я хочу быть. Я ей уже пять раз объяснял, а она всё продолжает задавать один и тот же вопрос. Чудна́я. Она когда первый раз к нам пришла, на дворе была весна, деревья все распустились, и в окна пахло зеленью, и, хотя был уже вечер, всё равно было светло. И вот мама стала меня посылать спать, и, когда я не хотел ложиться, эта Марья Петровна вдруг говорит:

— Будь умницей, ложись спать, а в следующее воскресенье я тебя на дачу возьму, на Клязьму. Мы на электричке поедем. Там речка есть и собака, и мы на лодке покатаемся все втроём.

И я сразу лёг, и укрылся с головой, и стал думать о следующем воскресенье, как я поеду на дачу, и пробегусь босиком по траве, и увижу речку, и, может быть, мне дадут погрести, и уключины будут звенеть, и вода будет булькать, и с вёсел в воду будут стекать капли, прозрачные, как стекло. И я подружусь там с собачонкой, Жучкой или Тузиком, и буду смотреть в его жёлтые глаза, и потрогаю его язык, такой красивый и приятный, когда он его высунет от жары.

И я так лежал, и думал, и слышал смех Марьи Петровны, и незаметно заснул, и потом целую неделю, когда ложился спать, думал всё то же самое. И когда наступила суббота, я почистил ботинки и зубы, и взял свой перочинный ножик, и наточил его о плиту, потому что мало ли какую я палку себе вырежу, может быть, даже ореховую.

А утром я встал раньше всех, и оделся, и стал ждать Марью Петровну. Папа, когда позавтракал и прочитал газеты, сказал:

— Пошли, Дениска, на Чистые, погуляем!

— Что ты, папа! А Марья Петровна? Она сейчас приедет за мной, и мы отправимся на Клязьму. Там собака и лодка. Я её должен подождать.

Папа помолчал, потом посмотрел на маму, потом пожал плечами и стал пить второй стакан чаю. А я быстро дозавтракал и вышел во двор. Я гулял у ворот, чтобы сразу увидеть Марью Петровну, когда она придёт. Но её что-то долго не было. Тогда ко мне подошёл Мишка, он сказал:

— Слазим на чердак! Посмотрим, родились голубята или нет...

— Понимаешь, не могу... Я на денёк в деревню уезжаю. Там собака есть и лодка. Сейчас за мной одна тётенька приедет, и мы поедем с ней на электричке.

Тогда Мишка сказал:

— Вот это да! А может, вы и меня захватите?

Я очень обрадовался, что Мишка тоже согласен ехать с нами, всё-таки мне с ним куда интереснее будет, чем только с одной Марьей Петровной. Я сказал:

— Какой может быть разговор! Конечно, мы тебя возьмём, с удовольствием! Марья Петровна добрая, чего ей стоит!

И мы стали вдвоём ждать с Мишкой. Мы вышли в переулок и долго стояли и ждали, и, когда появлялась какая-нибудь женщина, Мишка обязательно спрашивал:

— Эта?

И через минуту снова:

— Вон та?

Но это всё были незнакомые женщины, и нам стало скучно, и мы устали так долго ждать. Мишка рассердился и сказал:

— Мне надоело!

И ушёл.

А я ждал. Я хотел её дождаться. Я ждал до самого обеда. Во время обеда папа опять сказал, как будто между прочим:

— Так идёшь на Чистые? Давай решай, а то мы с мамой пойдём в кино!

Я сказал:

— Я подожду. Ведь я обещал ей подождать. Не может она не прийти.

Но она не пришла. А я не был в этот день на Чистых прудах и не посмотрел на голубей, и папа, когда пришёл из кино, велел мне уходить от ворот. Он обнял меня за плечи и сказал, когда мы шли домой:

— Это всё ещё будет в твоей жизни. И трава, и речка, и лодка, и собака... Всё будет, держи нос повыше!

Но я, когда лёг спать, я всё равно стал думать про деревню, лодку и собачонку, только как будто я там не с Марьей Петровной гуляю, а с Мишкой и с папой или с Мишкой и с мамой. И время потекло, оно проходило, и я почти совсем забыл про Марью Петровну, как вдруг однажды... пожалуйте! Дверь растворяется, и она входит собственной персоной. И серёжки в ушах звяк-звяк, и с мамой чмок-чмок, и на всю квартиру пахнет чем-то

сухим и сладким, и все садятся за стол и начинают пить чай. Но я не вышел к Марье Петровне, я сидел за шкафом, потому что я сердился на Марью Петровну.

А она сидела как ни в чём не бывало, вот что было удивительно! И когда она напилась своего любимого чаю, она вдруг ни с того ни с сего заглянула за шкаф и схватила меня за подбородок.

– Ты что такой угрюмый?

– Ничего, – сказал я.

– Давай вылезай, – сказала Марья Петровна.

– Мне и здесь хорошо! – сказал я.

Тогда она захохотала, и всё на ней брякало от смеха, а когда отсмеялась, сказала:

– А чего я тебе подарю...

Я сказал:

– Ничего не надо!

Она сказала:

– Саблю не надо?

Я сказал:

– Какую?

– Будённовскую. Настоящую. Кривую.

Вот это да! Я сказал:

– А у вас есть?

– Есть, – сказала она.

– А она вам не нужна? – спросил я.

– А зачем? Я женщина, военному делу не училась, зачем мне сабля? Лучше я тебе её подарю.

И было видно по ней, что ей нисколько не жаль сабли. Я даже поверил, что она и на самом деле добрая. Я сказал:

– А когда?

– Да завтра, – сказала она. – Вот завтра придёшь после школы, а сабля – здесь. Вот здесь, я её тебе прямо на кровать положу.

– Ну ладно, – сказал я и вылез из-за шкафа, и сел за стол и тоже пил с ней чай, и проводил её до дверей, когда она уходила.

И на другой день в школе я еле досидел до конца уроков и побежал домой сломя голову. Я бежал и размахивал рукой – в ней у меня была невидимая сабля, и я рубил и колол фашистов, и защищал чёрных ребят в Африке, и перерубил всех врагов Кубы. Я из них прямо капусты нарубил. Я бежал, а дома меня ждала сабля, настоящая будённовская сабля, и я знал, что, в случае чего, я сразу запишусь в добровольцы, и, раз у меня есть собственная сабля, меня обязательно примут. И когда я вбежал в комнату, я сразу бросился к своей раскладушке. Сабли не было. Я посмотрел под подушку, пошарил под одеялом и заглянул под кровать. Сабли не было. Не было сабли. Марья Петровна не сдержала слова. И сабли не было нигде. И не могло быть.

Я подошёл к окну. Мама сказала:

– Может быть, она ещё придёт?

Но я сказал:

— Нет, мама, она не придёт. Я так и знал.

Мама сказала:

— Зачем же ты под раскладушку-то лазил?..

Я объяснил ей:

— Я подумал: а вдруг она была? Понимаешь? Вдруг. На этот раз.

Мама сказала:

— Понимаю. Иди поешь.

И она подошла ко мне. А я поел и снова встал у окна. Мне не хотелось идти во двор.

А когда пришёл папа, мама ему всё рассказала, и он подозвал меня к себе. Он снял со своей полки какую-то книгу и сказал:

— Давай-ка, брат, почитаем чудесную книжку про собаку. Называется «Майкл — брат Джерри». Джек Лондон написал.

И я быстро устроился возле папы, и он стал читать. Он хорошо читает, просто здорово! Да и книжка была ценная. Я в первый раз слушал такую интересную книжку. Приключения собаки. Как её украл один боцман. И они поехали на корабле искать клады. А корабль принадлежал трём богачам. Дорогу им указывал Старый Мореход, он был больной и одинокий старик, он говорил, что знает, где лежат несметные сокровища, и обещал этим трём богачам, что они получат каждый целую кучу алмазов и брильянтов, и эти богачи за эти обещания кормили Старого Морехода. А потом вдруг выяснилось, что корабль не может доехать до места, где клады, из-за нехватки воды. Это тоже подстроил Старый Мореход. И пришлось богачам ехать обратно несолоно хлебавши. Старый Мореход этим обманом добывал себе пропитание, потому что он был израненный бедный старик.

И когда мы окончили эту книжку и снова стали её всю вспоминать, с самого начала, папа вдруг засмеялся и сказал:

— А этот-то хорош, Старый Мореход! Да он просто обманщик, вроде твоей Марьи Петровны.

Но я сказал:

— Что ты, папа! Совсем не похоже. Ведь Старый Мореход обманывал, чтобы спасти свою жизнь. Ведь он же одинокий был, больной. А Марья Петровна? Разве она больная?

— Здоровая, — сказал папа.

— Ну да, — сказал я. — Ведь если бы Старый Мореход не врал, он бы умер, бедняга, где-нибудь в порту, прямо на голых камнях, между ящиками и тюками, под ледяным ветром и проливным дождём. Ведь у него не было крова над головой! А у Марьи Петровны чудесная комната — восемнадцать метров со всеми удобствами. И сколько у неё серёжек, побрякушек и цепочек!

— Потому что она мещанка, — сказал папа.

И я хотя и не знал, что такое мещанка, но я понял по папиному голосу, что это что-то скверное, и я ему сказал:

— А Старый Мореход был благородный: он спас своего больного друга, боцмана, — это раз. И ты ещё подумай, папа, ведь он обманывал только проклятых богачей, а Марья Петровна — меня. Объясни, зачем она меня-то обманывает? Разве я богач?

— Да забудь ты, — сказала мама, — не стоит так переживать!

А папа посмотрел на неё, и покачал головой, и замолчал. И мы лежали вдвоём на

диване и молчали, и мне было тепло рядом с ним, и я захотел спать, но перед самым сном я всё-таки подумал:

«Нет, эту ужасную Марью Петровну нельзя даже и сравнивать с таким человеком, как мой милый, добрый Старый Мореход!»

Что любит Мишка

Один раз мы с Мишкой вошли в зал, где у нас бывают уроки пения. Борис Сергеевич сидел за своим роялем и что-то играл потихоньку. Мы с Мишкой сели на подоконник и не стали ему мешать, да он нас и не заметил вовсе, а продолжал себе играть, и из-под пальцев у него очень быстро выскакивали разные звуки. Они разбрызгивались, и получалось что-то очень приветливое и радостное. Мне очень понравилось, и я бы мог долго так сидеть и слушать, но Борис Сергеевич скоро перестал играть. Он закрыл крышку рояля и, увидев нас, весело сказал:

— О! Какие люди! Сидят, как два воробья на веточке! Ну, так что скажете?

Я спросил:

— Это вы что играли, Борис Сергеевич?

Он ответил:

— Это Шопен. Я его очень люблю.

Я сказал:

— Конечно, раз вы учитель пения, вот вы и любите разные песенки.

Он сказал:

— Это не песенка. Хотя я и песенки люблю, но это не песенка. То, что я играл, называется гораздо бо́льшим словом, чем просто «песенка».

Я сказал:

— Каким же? Словом-то?

Он серьёзно и ясно ответил:

— Му-зы-ка. Шопен — великий композитор. Он сочинил чудесную музыку. А я люблю музыку больше всего на свете.

Тут он посмотрел на меня внимательно и сказал:

– Ну а ты что любишь? Больше всего на свете?

Я ответил:

– Я много чего люблю.

И я рассказал ему, что я люблю. И про собаку, и про строганье, и про слонёнка, и про красных кавалеристов, и про маленькую лань на розовых копытцах, и про древних воинов, и про прохладные звёзды, и про лошадиные лица, всё, всё...

Он выслушал меня внимательно, у него было задумчивое лицо, когда он слушал, а потом он сказал:

– Ишь! А я и не знал. Честно говоря, ты ведь ещё маленький, ты не обижайся, а смотри-ка – любишь как много! Целый мир!

Тут в разговор вмешался Мишка. Он надулся и сказал:

– А я ещё больше Дениски люблю разных разностей! Подумаешь!

Борис Сергеевич рассмеялся:

– Очень интересно! Ну-ка, поведай тайну своей души. Теперь твоя очередь, принимай эстафету! Итак, начинай! Что же ты любишь?

Мишка поёрзал на подоконнике, потом откашлялся и сказал:

– Я люблю булки, плюшки, батоны и кекс! Я люблю хлеб, и торт, и пирожные, и пряники, хоть тульские, хоть медовые, хоть глазированные. Сушки люблю тоже, и баранки, бублики, пирожки с мясом, повидлом, капустой и с рисом. Я горячо люблю пельмени, и особенно ватрушки, если они свежие, но чёрствые тоже ничего. Можно овсяное печенье и ванильные сухари.

А ещё я люблю кильки, сайру, судака в маринаде, бычки в томате, частик в собственном соку, икру баклажанную, кабачки ломтиками и жареную картошку.

Варёную колбасу люблю прямо безумно, если докторская, – на спор, что съем целое кило! И столовую люблю, и чайную, и зельц, и копчёную, и полукопчёную, и сырокопчёную! Эту вообще я люблю больше всех. Очень люблю макароны с маслом, вермишель с маслом, рожки с маслом, сыр с дырочками и без дырочек, с красной корочкой или с белой – всё равно.

Люблю вареники с творогом, творог солёный, сладкий, кислый; люблю яблоки, тёртые с сахаром, а то яблоки одни самостоятельно, а если яблоки очищенные, то люблю сначала съесть яблочко, а уж потом, на закуску, – кожуру!

Люблю печёнку, котлеты, селёдку, фасолевый суп, зелёный горошек, варёное мясо, ириски, сахар, чай, джем, боржом, газировку с сиропом, яйца всмятку, вкрутую, в мешочек, а могу и сырые. Бутерброды люблю прямо с чем попало, особенно если толсто намазать картофельным пюре или пшённой кашей. Так... Ну, про халву говорить не буду – какой дурак не любит халвы? А ещё я люблю утятину, гусятину и индятину. Ах да! Я всей

душой люблю мороженое – за семь, за девять, за тринадцать, за пятнадцать, за девятнадцать, за двадцать две и за двадцать восемь.

Мишка обвёл глазами потолок и перевёл дыхание. Видно, он уже здорово устал. Но Борис Сергеевич пристально смотрел на него, и Мишка поехал дальше. Он бормотал:

– Крыжовник, морковку, кету, горбушу, репу, борщ, пельмени, хотя пельмени я уже говорил, бульон, бананы, хурму, компот, сосиски, колбасу, хотя колбасу тоже говорил...

Мишка выдохся и замолчал. По его глазам было видно, что он ждёт, когда Борис Сергеевич его похвалит. Но тот смотрел на Мишку немного недовольно и даже как будто строго. Он тоже словно ждал чего-то от Мишки: что, мол, Мишка ещё скажет. Но Мишка молчал. У них получилось, что они оба друг от друга чего-то ждали и молчали.

Первый не выдержал Борис Сергеевич.

– Что ж, Миша, – сказал он, – ты многое любишь, спору нет, но всё, что ты любишь, оно какое-то одинаковое, чересчур съедобное, что ли. Получается, что ты любишь целый продуктовый магазин. И только... А люди? Кого ты любишь? Или из животных?

Тут Мишка весь встрепенулся и покраснел.

– Ой, – сказал он смущённо, – чуть не забыл! Ещё – котят! И бабушку!

Чики-брык

Я недавно чуть не помер. Со смеху. А всё из-за Мишки. Один раз папа сказал:

— Завтра, Дениска, поедем пастись на травку. Завтра и мама свободна, и я тоже. Кого с собой захватим?

— Известное дело кого — Мишку.

Мама сказала:

— А его отпустят?

— Если с нами, то отпустят. Почему же? — сказал я. — Давайте я его приглашу.

И я сбегал к Мишке. И когда вошёл к ним, сказал: «Здрасте!» Его мама мне не ответила, а сказала его папе:

— Видишь, какой воспитанный, не то что наш...

А я им всё объяснил, что мы Мишку приглашаем завтра погулять за городом, и они сейчас же ему разрешили, и на следующее утро мы поехали.

В электричке очень интересно ездить, очень!

Во-первых, ручки на скамейках блестят. Во-вторых, тормозные краны — красные, висят прямо перед глазами. И сколько ни ехать, всегда хочется дёрнуть такой кран или хоть погладить его рукой. А самое главное — можно в окошко смотреть, там специальная приступочка есть. Если кто не достаёт, можно на эту приступочку встать и высунуться. Мы с Мишкой сразу заняли окошко, одно на двоих, и было здорово интересно смотреть, что вокруг лежит совершенно новенькая трава и на заборах висит разноцветное белишко, красивое, как флажки на кораблях.

Но папа и мама не давали нам никакого житья.

Они поминутно дёргали нас сзади за штаны и кричали:

— Не высовывайтесь, вам говорят! А то вывалитесь!

Но мы всё высовывались. И тогда папа пустился на хитрость. Он, видно, решил во что бы то ни стало отвлечь нас от окошка. Поэтому он скорчил смешную гримасу и сказал нарочным, цирковым голосом:

— Эй, ребятня! Занимайте ваши места! Представление начинается!

И мы с Мишкой сразу отскочили от окна и уселись рядом на скамейке, потому что мой папа известный шутник, и мы поняли, что сейчас будет что-то интересное. И все пассажиры, кто был в вагоне, тоже повернули головы и стали смотреть на папу. А он как ни в чём не бывало продолжал своё:

— Уважаемые зрители! Сейчас перед вами выступит непобедимый мастер Чёрной магии, Сомнамбулизма и Каталепсии!!! Всемирно известный фокусник-иллюзионист, любимец Австралии и Малаховки, пожиратель шпаг, консервных банок и перегоревших электроламп, профессор Эдуард Кондратьевич Кио-Сио! Оркестр — музыку! Тра-би-бо-бум-ля-ля! Тра-би-бо-бум-ля-ля!

Все уставились на папу, а он встал перед нами с Мишкой и сказал:

— Нумер смертельного риска! Отрыванье живого указательного пальца на глазах у публики! Нервных просят не падать на пол, а выйти из зала. Внимание!

И тут папа сложил руки как-то так, что нам с Мишкой показалось, будто он держит себя правой рукой

за левый указательный палец. Потом папа весь напрягся, покраснел, сделал ужасное лицо, словно он умирает от боли, и вдруг он разозлился, собрался с духом и... оторвал сам себе палец! Вот это да!.. Мы сами видели... Крови не было. Но и пальца не было! Было гладкое место. Даю слово!

Папа сказал:

— Вуаля!

Я даже не знаю, что это значит. Но всё равно я захлопал в ладоши, а Мишка закричал «бис!».

Тогда папа взмахнул обеими руками, полез к себе за шиворот и сказал:

— Але-оп! Чики-брык!

И приставил палец обратно! Да-да! У него откуда-то вырос новый палец на старом месте! Совсем такой же, не отличишь от прежнего, даже чернильное пятно и то такое же, как было! Я-то, конечно, понимал, что это какой-то фокус и что я во что бы то ни стало вызнаю

у папы, как он делается, но Мишка совершенно ничего не понимал. Он сказал:

— А как это?

А папа только улыбнулся:

— Много будешь знать — скоро состаришься!

Тогда Мишка сказал жалобно:

— Пожалуйста, повторите ещё разок! Чики-брык!

И папа опять всё повторил, оторвал палец и приставил, и опять было сплошное удивление. Затем папа поклонился, и мы подумали, что представление окончилось, но оказалось, ничего подобного. Папа сказал:

— Ввиду многочисленных заявок, представление продолжается! Сейчас будет показано втирание звонкой монеты в локоть факира! Маэстро, три-бо-би-бум-ля-ля!

И папа вынул монетку, положил её себе на локоть и стал тереть этой монеткой о свой пиджак. Но она никуда не втиралась, а всё время падала, и тогда я стал насмехаться над папой. Я сказал:

— Эх, эх! Ну и факир! Прямо горе, а не факир!

И все рассмеялись, а папа сильно покраснел и закричал:

— Эй, ты, гривенник! Втирайся сейчас же! А то я тебя сейчас отдам вон тому дядьке за мороженое! Будешь знать!

И гривенник как будто испугался папы и моментально втёрся в локоть. И исчез.

— Что, Дениска, съел? — сказал папа. — Кто тут кричал, что я горе-факир? А теперь смотри: феерия-пантомима! Вытаскивание разменной монеты из носа прекрасного мальчика Мишки! Чики-брык!

И папа вытащил монету из Мишкиного носа. Ну, товарищи, я и не знал, что мой папа такой молодец! А Мишка прямо засиял от гордости. Он весь рассиялся от удовольствия и снова закричал папе во всё горло:

— Пожалуйста, повторите ещё разик чики-брык!

И папа опять всё ему повторил, а потом мама сказала:

— Антракт! Переходим в буфет.

И она дала нам по бутерброду с колбасой. И мы с Мишкой вцепились в эти бутерброды, и ели, и болтали ногами, и смотрели по сторонам. И вдруг Мишка ни с того ни с сего заявляет:

— А я знаю, на что похожа ваша шляпа.

Мама говорит:

— Ну-ка скажи — на что?

— На космонавтский шлем.

Папа сказал:

— Точно. Ай да Мишка, верно подметил! И правда, эта шляпка похожа на космонавтский шлем. Ничего не поделаешь, мода старается не отставать от современности. Ну-ка, Мишка, иди-ка сюда!

И папа взял шляпку и нахлобучил Мишке на голову.

— Настоящий Попович! — сказала мама.

А Мишка действительно был похож на маленького космонавтика. Он сидел такой важный

и смешной, что все, кто проходил мимо, смотрели на него и улыбались.

И папа улыбался, и мама, и я тоже улыбался, что Мишка такой симпатяга. Потом нам купили по мороженому, и мы стали его кусать и лизать, и Мишка быстрей меня справился и пошёл снова к окошку. Он схватился за раму, встал на приступочку и высунулся наружу.

Наша электричка бежала быстро и ровно, за окном пролетала природа, и Мишке, видать, хорошо там было торчать в окошке с космонавтским шлемом на голове, и больше ничего на свете ему не нужно было, так он был доволен. И я захотел стать с ним рядом, но в это время мама подтолкнула меня локтем и показала глазами на папу.

А папа тихонько встал и пошёл на цыпочках в другое отделение, там тоже окошко было открыто, и никто в него не глядел. У папы был очень таинственный вид, и все кругом притихли и стали следить за папой. А он неслышными шагами пробрался к этому окошку, высунул голову и тоже стал смотреть вперёд, по ходу поезда, туда же, куда смотрел и Мишка. Потом папа медленно-медленно высунул правую руку, осторожно дотянулся до Мишки и вдруг с быстротой молнии сорвал с него мамину шляпку! Папа тут же отпрыгнул от окошка и спрятал шляпку за спину, он там её заткнул за пояс. Я всё это очень хорошо видел. Но Мишка-то этого не видел! Он схватился за голову, не нашёл там маминой шляпки, испугался, отскочил от окна и с каким-то ужасом остановился перед мамой. А мама воскликнула:

— В чём дело? Что случилось, Миша? Где моя новая шляпка? Неужели её сорвало ветром? Ведь я говорила тебе: не высовывайся. Чуяло моё сердце, что я останусь без шляпки! Как же мне теперь быть?

И мама закрыла лицо руками и задёргала плечами, как будто она горько плачет. На бедного Мишку просто жалко было смотреть, он лепетал прерывающимся голосом:

— Не плачьте... пожалуйста. Я вам куплю шляпку... У меня деньги есть... Сорок семь копеек. Я на марки собирал...

У него задрожали губы, и папа, конечно, не мог этого перенести. Он сейчас же состроил свою смешную рожицу и закричал цирковым голосом:

– Граждане, внимание! Не плачьте и успокойтесь! Ваше счастье, что вы знакомы со знаменитым волшебником Эдуардом Кондратьевичем Кио-Сио! Сейчас будет показан грандиозный трюк: «Возврат шляпы, выпавшей из окна голубого экспресса». Приготовились! Внимание! Чики-брык!

И у папы в руках оказалась мамина шляпка. Даже я и то не заметил, как проворно папа вытащил её из-за спины. Все прямо ахнули! А Мишка сразу посветлел от счастья. Глаза у него от удивления полезли на лоб. Он был

в таком восторге, что просто обалдел. Он быстро подошёл к папе, взял у него шляпку, побежал обратно и что есть силы по-настоящему швырнул её за окно. Потом он повернулся и сказал моему папе:

– Пожалуйста, повторите ещё разик... чики-брык!

Вот тут-то и получилось, что я чуть не помер со смеху.

Запах неба и махорочки

Если подумать, так это просто какой-то ужас: я ещё ни разу не летал на самолётах. Правда, один раз я чуть-чуть не полетел, да не тут-то было. Сорвалось. Прямо беда. И это не так давно случилось. Я уже не маленький был, хотя нельзя сказать, что и большой. В то время у мамы был отпуск, и мы гостили у её родных, в одном большом колхозе. Там было много тракторов и косилок, но главное, там водились животные: лошади, цыплята и собаки. И была весёлая компания ребят. Все с белыми волосами и очень дружные. По ночам, когда я ложился спать в маленькой светёлке, было слышно, как где-то далеко гармонисты играют что-то печальное, и под эту музыку я сразу засыпал.

И я полюбил всех в этом колхозе, и особенно ребят, и решил, что проживу здесь для начала лет сорок, а там видно будет. Но вдруг – стоп, машина! Здравствуйте! Мама сказала, что отпуск промчался как одно мгновение и нам надо срочно домой. Она спросила у дедушки Вали:

– Когда вечерний поезд?

Он сказал:

– А чего тебе поездом-то телепаться? Валяй на самолёте! Аэропорт-то в трёх верстах. Момент – и вы с Дениской в Москве!

Ну что за дедушка Валя – золотой человек! Добрый. Он один раз мне божью коровку подарил. Я его никогда не забуду за это. И теперь тоже. Он когда увидел, как мне хочется лететь на самолёте, то в два счёта уговорил маму, и она хотя и неохотно, но всё-таки согласилась. И дедушка Валя, чтобы не гонять пятитонку по пустякам, запряг лошадь, положил наш тяжёлый чемодан в телегу, на сенцо, и мы уселись и поехали. Я просто не знаю, как сказать, до чего было здорово ехать, слушать, как скрипит тележка, и слышать, как вокруг пахнет полем, дёгтем и махорочкой. И я радовался, что сейчас полечу, потому что Мишка у нас в Москве во дворе рассказывал, как он с папой летал в Тбилиси, какой у них был самолёт огромный, из трёх комнат, и как им давали конфет сколько хочешь, а на завтрак сосиски в целлофановом мешочке и чай на подвесных столиках. И я так совсем задумался, как вдруг наша тележка въехала в высокие деревянные ворота, украшенные ёлочными ветками. Ветки были старые, они пожелтели. За этими воротами тоже было поле, только трава была какая-то не пышная,

а пожухлая и потёртая. Немножко подальше, прямо перед нами, стоял небольшой домик. И дедушка Валя поехал к нему. Я сказал:

— Зачем мы сюда едем? Мне надоело трястись. Поедем поскорее в аэропорт.

Дедушка Валя сказал:

— А это чего? Это и есть аэропорт... Иль ослеп?

У меня просто сердце упало. Это пожухлое поле — аэропорт? Чепуха какая! А где красота? Ведь никакой же красоты! Я сказал:

— А самолёты?

— Вот войдём в аэровокзал, — он показал на домик, — пройдём его насквозь, выйдем в другие двери, там и будут тебе самолёты... Покормить, что ли?..

И он повязал нашей лошади на голову мешок с овсом, и она начала хрупать.

А мы пошли в этот домик. В нём было душно и пахло щами. В первой комнате сидели люди. Тут был дяденька с колесом и старушка с мешком. В мешке кто-то дышал — наверно, поросёнок. Ещё была женщина с двумя мальчатами в розовых рубашках и одним грудным. Она его завернула в пелёнки туго-натуго, и он был похож на гусеничку, потому что всё время корчился. Тут же был газетный киоск. Дедушка Валя поставил наш тяжёлый чемодан возле мамы и подошёл к киоску. Я пошёл за ним.

Но киоск не работал.

Там в стекле была бумажка, а на ней надпись печатными буквами:

«Приду через 20».

Я прочёл эту надпись вслух. Дядька, что был с колесом, сказал:

— Смотрите — читает!

И все посмотрели на меня. А я сказал:

— И всего-то шесть лет.

Они все засмеялись. Дедушка Валя, когда смеялся, показывал все свои зубы. Они у него интересные были: один вверху направо, а другой внизу налево. Дедушка долго хохотал. В это время в комнату заглянул какой-то толстый парень. Он сказал:

— Кто на Москву?

— Мы, — сказали все хором и заторопились. — На Москву — это мы!

— За мной, — сказал парень и пошёл.

Все двинулись за ним. Мы прошли длинным коридором на другую сторону дома. Там была открытая дверь. Сквозь неё было видно синее небо. Перед выходом стояли два богатыря — дядьки здоровенные, прямо как борцы в цирке. У одного была чёрная борода, а у другого рыжая. Возле них стояли весы. Когда пришла наша очередь, дедушка Валя крякнул и вскинул тяжёлый чемодан на прилавок. Чемодан взвесили, и мама сказала:

— Далеко до самолёта?
— Метров четыреста, — сказал Рыжий Богатырь.
— А то и все пятьсот, — сказал Чёрный.
— Помогите, пожалуйста, донести чемодан, — сказала мама.
— У нас самообслуживание, — сказал Рыжий.

Дедушка Валя подмигнул маме, закашлялся, взял чемодан, и мы вышли в открытую дверь. Вдалеке стоял какой-то самолётик, похожий на стрекозу, только на журавлиных ногах. Впереди шли все наши знакомые: Колесо, Мешок с поросёнком, Розовые Рубашонки, Гусеничка. И скоро мы пришли к самолёту. Вблизи он показался ещё меньше, чем издали. Все стали в него карабкаться, а мама сказала:

— Ну и ну! Это что — дедушка русской авиации?
— Это всего-навсего внутриобластная авиация, — сказал наш дед Валя. — Конечно, не «ТУ-104»! Ничего не поделаешь. А всё-таки летает! Аэрофлот.
— Да? — спросила мама. — Летает? Это мило! Он всё-таки летает? Ох, напрасно мы не поехали поездом! Что-то я не доверяю этому птеродактилю. Какие-то средние века...
— Не лайнер, конечно! — сказал дедушка Валя. — Не стану врать. Не лайнер, упаси господь! Куда там!

И он стал прощаться с мамой, а потом со мной. Он несильно кольнул меня своей голубой бородой в щёку, и мне было приятно, что он пахнет махорочкой, и потом мы с мамой полезли в самолёт. Внутри самолёта, вдоль стен, стояли две длинные скамейки. И лётчика было видно, у него не было отдельной кабины, а была только лёгкая дверца, она была раскрыта, и он помахал мне рукой, когда я вошёл в самолёт.

У меня сразу от этого стало лучше настроение, и я уселся и устроился довольно удобно — ноги на чемодан.

Пассажиры сидели друг против друга. Напротив меня сидели Розовые Рубашонки. Лётчик то включал, то выключал мотор.

И по всему было видно, что мы вот-вот взлетим. Я даже стал держаться за скамейку, но в это время к самолёту подъехал грузовик, заваленный какими-то железными чушками. Из грузовика выскочили два человека. Они что-то крикнули лётчику. Откинули у своей машины борт, подъехали к самым дверям нашего лайнера и стали грузить свои железные чушки и болванки прямо в самолёт. Когда грузчик бухнул свою первую железку где-то в хвосте самолёта, лётчик оглянулся и сказал:

— Потише там швыряйте. Пол проломить захотели?

Но грузчик сказал:

— Не бойсь!

Тут его товарищ принёс следующую чушку и опять: Бряк!

А первый приволок новую: Шварк!

А тот ещё одну:

Буц!

Потом ещё:

Дзынь!

Лётчик говорит:

— Эй, вы, там! Вы всё в хвост не валите. А то я перекинусь в воздухе. Задний кувырок через хвост — и будь здоров.

Грузчик сказал:

— Не бойсь!

И сызнова:

Бамс!

Глянц!

Лётчик говорит:

— Много там ещё?

— Тонны полторы, — ответил грузчик.

Тут наш лётчик прямо вскипел и схватился за голову.

— Вы что? — закричал он. — Ошалели, что ли! Вы понимаете, что я не взлечу? А?!

А грузчик опять:

— Не бойсь!

И снова:

Брумс!

Брамс!

От этих дел в нашем самолёте образовалась какая-то жуткая тишина. Мама была совершенно белая, а у меня щекотало в животе.

А тут:

Брамс!

Лётчик скинул с себя фуражку и закричал:

— Я вам последний раз говорю — перестаньте таскать! У меня мотор барахлит! Вот, послушайте!

И он включил мотор. Мы услышали сначала ровное: тррррррррррр... А потом ни с того ни с сего: чав-чав-чав-чав...

И сейчас же: хлюп-хлюп-хлюп...

И вдруг: сюп-сюп-сюп... Пии-пии! Пии...

Лётчик говорит:

— Ну? Можно при таком моторе перегружать машину?

Грузчик отвечает:

— Не бойся! Это мы по приказу Сергачёва грузим. Сергачёв приказал, мы и грузим.

Тут наш лётчик немножко скис и примолк. Мама стала жёлтая, а старушкин поросёнок вдруг завизжал, как будто понял, что здесь шутки плохи. А грузчики своё:

Трух!

Трах!

Дзенц!

Но лётчик всё-таки взбунтовался:

— Вы мне устраиваете вынужденную посадку! Я прошлое лето тоже вот так десять километров не дотянул до Кошкина. И сел в чистом поле! Хорошо это, по-вашему, пассажиров пешком гонять по десять вёрст?

— Не подымай паники! — сказал грузчик. — Сойдёт!

— Я лучше свою машину знаю, сойдёт или нет! — крикнул лётчик. — Интересно мне, по-твоему, полную машину людей гробить? Сергачёва за них не посадят, нет. А меня посадят!

— Не посадят, — сказал грузчик. — А посадят — передачу принесу.

И как ни в чём не бывало:

Ббррынзь!

Тут мама встала и сказала:

— Товарищ водитель! Скажите, пожалуйста, есть у меня до отлёта минут пять?

— Идите, — сказал лётчик, — только проворнее... А чемодан зачем берёте?

— Я переоденусь, — сказала мама храбро, — а то мне жарко. Я задыхаюсь от жары.

— Быстренько, — сказал лётчик.

Мама схватила меня под мышки и поволокла к двери. Там меня подхватил грузчик и поставил на землю. Мама выскочила следом. Грузчик протянул ей чемодан. И хотя наша мама всегда была очень слабая, но тут она подхватила наш тяжеленный чемоданище на плечо и помчалась прочь от самолёта. Она держала курс на аэровокзал. Я бежал за ней. На крыльце стоял дедушка Валя. Он только всплеснул руками, когда увидел нас. И он, наверно, сразу всё понял, потому что ни о чём не спросил маму. Все вместе мы, как будто сговорились, молча пробежали сквозь этот нескладный дом на другую сторону, к лошади. Мы вскочили в телегу и собрались ехать, но, когда я обернулся, я увидел, что от аэропорта по пыльной дорожке, по жухлой траве к нам бегут, спотыкаясь и протягивая руки, обе Розовые Рубашонки. За ними бежала их мама с маленькой, туго запелёнатой Гусеничкой. Она прижимала её к сердцу. Мы их всех погрузили к себе. Дедушка Валя дёрнул вожжи, лошадь тронула, и я откинулся на спину. Повсюду было синее небо, тележка скрипела, и ах как вкусно пахло полем, дёгтем и махорочкой.

«Тиха украинская ночь...»

Наша преподавательница литературы Раиса Ивановна заболела. И вместо неё к нам пришла Елизавета Николаевна. Вообще-то Елизавета Николаевна занимается с нами географией и естествознанием, но сегодня был исключительный случай, и наш директор упросил её заменить захворавшую Раису Ивановну.

Вот Елизавета Николаевна пришла. Мы поздоровались с нею, и она уселась за учительский столик. Она, значит, уселась, а мы с Мишкой стали продолжать наше сражение – у нас теперь в моде военно-морская игра. К самому приходу Елизаветы Николаевны перевес в этом матче определился в мою пользу: я уже протаранил Мишкиного эсминца и вывел из строя три его подводные лодки. Теперь мне осталось только разведать, куда задевался его линкор. Я пошевелил мозгами и уже открыл было рот, чтобы сообщить Мишке свой ход, но Елизавета Николаевна в это время заглянула в журнал и произнесла:

– Кораблёв!

Мишка тотчас прошептал:

– Прямое попадание!

Я встал.

Елизавета Николаевна сказала:

– Иди к доске!

Мишка снова прошептал:

– Прощай, дорогой товарищ!

И сделал «надгробное» лицо.

А я пошёл к доске. Елизавета Николаевна сказала:

– Дениска, стой ровнее! И расскажи-ка мне, что вы сейчас проходите по литературе.

— Мы «Полтаву» проходим, Елизавета Николаевна, — сказал я.

— Назови автора, — сказала она; видно было, что она тревожится, знаю ли я.

— Пушкин, Пушкин, — сказал я успокоительно.

— Так, — сказала она, — великий Пушкин, Александр Сергеевич, автор замечательной поэмы «Полтава». Верно. Ну, скажи-ка, а ты какой-нибудь отрывок из этой поэмы выучил?

— Конечно, — сказал я.

— Какой же ты выучил? — спросила Елизавета Николаевна.

— «Тиха украинская ночь…»

— Прекрасно, — сказала Елизавета Николаевна и прямо расцвела от удовольствия. — «Тиха украинская ночь…» — это как раз одно из моих любимых мест! Читай, Кораблёв.

Одно из её любимых мест! Вот это здорово! Да ведь это и моё любимое место! Я его, ещё когда маленький был, выучил. И с тех пор, когда я читаю эти стихи, всё равно — вслух или про себя, мне всякий раз почему-то кажется, что хотя я сейчас и читаю их, но это кто-то другой читает, не я, а настоящий-то я стою на тёплом, нагретом за день деревянном крылечке, в одной рубашке и босиком, и почти сплю, и клюю носом, и шатаюсь, но всё-таки вижу всю эту удивительную красоту: и спящий маленький городок с его серебряными тополями; и вижу белую церковку, как она тоже спит и плывёт на кудрявом облачке передо мною, а наверху звёзды, они стрекочут и насвистывают, как кузнечики; а где-то у моих ног спит и перебирает лапками во сне толстый, налитой молоком щенок, которого нет в этих стихах. Но я хочу, чтобы он был, а рядом на крылечке сидит и вздыхает мой дедушка с лёгкими волосами, его тоже нет в этих стихах, я его никогда не видел, он погиб на войне, его нет на свете, но я его так люблю, что у меня теснит сердце…

— Читай, Денис, что же ты! — повысила голос Елизавета Николаевна.

И я встал поудобней и начал читать. И опять сквозь меня прошли эти странные чувства. Я старался только, чтобы голос у меня не дрожал:

– ...Тиха украинская ночь.
Прозрачно небо. Звёзды блещут.
Своей дремоты превозмочь
Не хочет воздух. Чуть трепещут
Сребристых тополей листы.
Луна спокойно с высоты
Над Белой Церковью сияет...

– Стоп, стоп, довольно! – перебила меня Елизавета Николаевна. – Да, велик Пушкин, огромен! Ну-ка, Кораблёв, теперь скажи-ка мне, что ты понял из этих стихов?

Эх, зачем она меня перебила! Ведь стихи были ещё здесь, во мне, а она остановила меня на полном ходу. Я ещё не опомнился! Поэтому я притворился, что не понял вопроса, и сказал:

– Что? Кто? Я?

– Да, ты. Ну-ка, что ты понял?

– Всё, – сказал я. – Я понял всё. Луна. Церковь. Тополя. Все спят.

— Ну... — недовольно протянула Елизавета Николаевна. — Это ты немножко поверхностно понял... Надо глубже понимать. Не маленький. Ведь это Пушкин...

— А как, — спросил я, — как надо Пушкина понимать? — И я сделал недотёпанное лицо.

— Ну давай по фразам, — с досадой сказала она. — Раз уж ты такой. «Тиха украинская ночь...» Как ты это понял?

— Я понял, что тихая ночь.

— Нет, — сказала Елизавета Николаевна. — Пойми же ты, что в словах «Тиха украинская ночь» удивительно тонко подмечено, что Украина находится в стороне от центра перемещения континентальных масс воздуха. Вот что тебе нужно понимать и знать, Кораблёв! Договорились? Читай дальше!

— «Прозрачно небо», — сказал я, — небо, значит, прозрачное. Ясное. Прозрачное небо. Так и написано: «Небо прозрачно».

— Эх, Кораблёв, Кораблёв, — грустно и как-то безнадёжно сказала Елизавета Николаевна. — Ну что ты, как попка, затвердил: «Прозрачно небо, прозрачно небо». Заладил. А ведь в этих двух словах скрыто огромное содержание. В этих двух как бы ничего не значащих словах Пушкин рассказал нам, что количество выпадающих осадков в этом районе весьма незначительно, благодаря чему мы и можем наблюдать безоблачное небо. Теперь ты понимаешь, какова сила пушкинского таланта? Давай дальше.

Но мне уже почему-то не хотелось читать. Как-то всё сразу надоело. И поэтому я наскоро пробормотал:

— ...Звёзды блещут.
Своей дремоты превозмочь
Не хочет воздух...

— А почему? — оживилась Елизавета Николаевна.
— Что почему? — сказал я.
— Почему он не хочет? — повторила она.

— Что не хочет?
— Дремоты превозмочь.
— Кто?
— Воздух.
— Какой?
— Как какой — украинский! Ты ведь сам только сейчас говорил: «Своей дремоты превозмочь не хочет воздух...» Так почему же он не хочет?
— Не хочет, и всё, — сказал я с сердцем. — Просыпаться не хочет! Хочет дремать, и все дела!
— Ну нет, — рассердилась Елизавета Николаевна и поводила перед моим носом указательным пальцем из стороны в сторону. Получалось, как будто она

хочет сказать: «Эти номера у вашего воздуха не пройдут». – Ну нет, – повторила она. – Здесь дело в том, что Пушкин намекает на тот факт, что на Украине находится небольшой циклонический центр с давлением около семисот сорока миллиметров. А как известно, воздух в циклоне движется от краёв к середине. И именно это явление и вдохновило поэта на бессмертные строки: «Чуть трепещут, м-м-м... м-м-м, каких-то тополей листы!» Понял, Кораблёв? Усвоил? Садись!

И я сел. А после урока Мишка вдруг отвернулся от меня, покраснел и сказал:

– А моё любимое – про сосну: «На севере диком стоит одиноко на голой вершине сосна...» Знаешь?

– Знаю, конечно, – сказал я. – Как не знать?

Я выдал ему «научное» лицо.

– «На севере диком» – этими словами Лермонтов сообщил нам, что сосна, как ни крути, а всё-таки довольно морозоустойчивое растение. А фраза «стоит на голой вершине» дополняет, что сосна к тому же обладает сверхмощным стержневым корнем...

Мишка с испугом глянул на меня. А я на него. А потом мы расхохотались. И хохотали долго как безумные. Всю перемену.

Рыцари

Когда репетиция хора мальчиков окончилась, учитель пения Борис Сергеевич сказал:

– Ну-ка расскажите, кто из вас что подарил маме на Восьмое марта? Ну-ка ты, Денис, докладывай.

– Я маме на Восьмое марта подарил подушечку для иголок. Красивую. На лягушку похожа. Три дня шил, все пальцы исколол. Я две такие сшил.

А Мишка добавил:

– Мы все по две сшили. Одну – маме, а другую – Раисе Ивановне.

– Это почему же все? – спросил Борис Сергеевич. – Вы что, так сговорились, чтобы всем шить одно и то же?

– Да нет, – сказал Валерка, – это у нас в кружке «Умелые руки» – мы подушечки проходим. Сперва проходили чёртиков, а теперь подушечки.

– Каких ещё чёртиков? – удивился Борис Сергеевич.

Я сказал:

– Пластилиновых! Наши руководители Володя и Толя из восьмого класса полгода с нами чёртиков проходили. Как придут, так сейчас: «Лепите чёртиков!» Ну, мы лепим, а они в шахматы играют.

– С ума сойти, – сказал Борис Сергеевич. – Подушечки! Придётся разобраться! Стойте! – И он вдруг весело рассмеялся. – А сколько у вас мальчишек в первом «В»?

– Пятнадцать, – сказал Мишка, – а девочек – двадцать пять.

Тут Борис Сергеевич прямо покатился со смеху.

А я сказал:

— У нас в стране вообще женского населения больше, чем мужского.

Но Борис Сергеевич отмахнулся от меня.

— Я не про то. Просто интересно посмотреть, как Раиса Ивановна получает пятнадцать подушечек в подарок! Ну ладно, слушайте: кто из вас собирается поздравить своих мам с Первым мая?

Тут пришла наша очередь смеяться. Я сказал:

— Вы, Борис Сергеевич, наверное, шутите, не хватало ещё и на май поздравлять.

— А вот и неправильно, именно что необходимо поздравить с маем своих мам. А это некрасиво: только раз в году поздравлять. А если каждый праздник поздравлять — это будет по-рыцарски. Ну кто знает, что такое рыцарь?

Я сказал:

— Он на лошади и в железном костюме.

Борис Сергеевич кивнул.

— Да, так было давно. И вы, когда подрастёте, прочтёте много книжек про рыцарей, но и сейчас если про кого говорят, что он рыцарь, то это, значит, имеется в виду благородный, самоотверженный и великодушный человек. И я думаю, что каждый пионер должен обязательно быть рыцарем. Поднимите руки, кто здесь рыцарь?

Мы все подняли руки.

— Я так и знал, — сказал Борис Сергеевич, — идите, рыцари!

Мы пошли по домам. А по дороге Мишка сказал:

— Ладно уж, я маме конфет куплю, у меня деньги есть.

И вот я пришёл домой, а дома никого нету. И меня даже досада взяла. Вот в кои-то веки захотел быть рыцарем, так денег нет! А тут, как назло, прибежал Мишка, в руках нарядная коробочка с надписью: «Первое мая». Мишка говорит:

— Готово, теперь я рыцарь за двадцать две копейки. А ты что сидишь?

— Мишка, ты рыцарь? — сказал я.

— Рыцарь, — говорит Мишка.

— Тогда дай взаймы.

Мишка огорчился:

— Я всё истратил до копейки.

— Что же делать?

— Поискать, — говорит Мишка, — ведь двадцать копеек — маленькая монетка, может, куда завалилась хоть одна, давай поищем.

И мы всю комнату облазили — и за диваном, и под шкафом, и я все туфли мамины перетряхнул, и даже в пудре у неё пальцем поковырял. Нету нигде.

Вдруг Мишка раскрыл буфет:

— Стой, а это что такое?

— Где? — говорю я. — Ах, это, это бутылки. Ты что, не видишь? Здесь два вина: в одной бутылке — чёрное, а в другой — жёлтое. Это для гостей, к нам завтра гости придут.

Мишка говорит:

— Эх, пришли бы ваши гости вчера, и были бы у тебя деньги.

— Это как?

— А бутылки, — говорит Мишка, — да за пустые бутылки деньги дают. На углу. Называется «Приём стеклотары»!

— Что же ты раньше молчал! Сейчас мы это дело уладим. Давай банку из-под компота, вон на окне стоит.

Мишка протянул мне банку, а я открыл бутылку и вылил черновато-красное вино в банку.

— Правильно, — сказал Мишка. — Что ему сделается?..

— Ну конечно, — сказал я. — А куда вторую?

— Да сюда же, — говорит Мишка, — не всё равно? И это вино, и то вино.

— Ну да, — сказал я. — Если бы одно было вино, а другое керосин, тогда нельзя, а так, пожалуйста, ещё лучше. Держи банку.

И мы вылили туда и вторую бутылку.

Я сказал:

— Ставь её на окно! Так. Прикрой блюдечком, а теперь бежим!

И мы припустились. За эти две бутылки нам дали двадцать четыре копейки. И я купил маме конфет. Мне ещё две копейки сдачи дали. Я пришёл домой весёлый, потому что я стал рыцарем, и, как только мама с папой пришли, я сказал:

— Мам, я теперь рыцарь. Нас Борис Сергеевич научил!

Мама сказала:

— Ну-ка расскажи!

Я рассказал, что завтра я маме сделаю сюрприз. Мама сказала:

— А где же ты денег достал?

— Я, мам, пустую посуду сдал. Вот две копейки сдачи.

Тут папа сказал:

— Молодец! Давай-ка мне две копейки на автомат!

Мы сели обедать. Потом папа откинулся на спинку стула и улыбнулся:

— Компотику бы.

— Извини, я сегодня не успела, — сказала мама.

Но папа подмигнул мне:

— А это что? Я давно уже заметил.

И он подошёл к окну, снял блюдечко и хлебнул прямо из банки. Но тут что было! Бедный папа кашлял так, как будто он выпил стакан гвоздей. Он закричал не своим голосом:

— Что это такое? Что это за отрава?!

Я сказал:

— Папа, не пугайся! Это не отрава. Это два твоих вина!

Тут папа немножко пошатнулся и побледнел.

— Какие два вина?! — закричал он громче прежнего.

— Чёрное и жёлтое, — сказал я, — что стояли в буфете. Ты, главное, не пугайся.

Папа побежал к буфету и распахнул дверцу. Потом он заморгал глазами и стал растирать себе грудь. Он смотрел на меня с таким удивлением, будто я был не обыкновенный мальчик, а какой-нибудь синенький или в крапинку. Я сказал:

— Ты что, папа, удивляешься? Я вылил твои два вина в банку, а то где бы я взял пустую посуду? Сам подумай!

Мама вскрикнула:

— Ой!

И упала на диван. Она стала смеяться, да так сильно, что я думал, ей станет плохо. Я ничего не мог понять, а папа закричал:

— Хохочете. Что ж, хохочите! А между прочим, этот ваш рыцарь сведёт меня с ума, но лучше я его раньше выдеру, чтобы он забыл раз и навсегда свои рыцарские манеры.

И папа стал делать вид, что он ищет ремень.

— Где он? — кричал папа. — Подайте мне сюда этого Айвенго! Куда он провалился?

А я был за шкафом. Я уже давно был там на всякий случай. А то папа что-то сильно волновался. Он кричал:

— Слыханное ли дело выливать в банку коллекционный чёрный «Мускат» урожая 1954 года и разбавлять его жигулёвским пивом?!

А мама изнемогала от смеха. Она еле-еле проговорила:
— Ведь это он... из лучших побуждений... Ведь он же... рыцарь... Я умру от смеха.

И она продолжала смеяться.

А папа ещё немного пометался по комнате и потом ни с того ни с сего подошёл к маме. Он сказал:

— Как я люблю твой смех!

И наклонился и поцеловал маму.

И я тогда спокойно вылез из-за шкафа.

Девочка на шаре

Один раз мы всем классом пошли в цирк. Я очень радовался, когда шёл туда, потому что мне уже скоро восемь лет, а я был в цирке только один раз, и то очень давно. Главное, Алёнке всего только шесть лет, а вот она уже успела побывать в цирке целых три раза. Это очень обидно. И вот теперь мы всем классом пришли в цирк, и я думал, как хорошо, что я уже большой и сейчас, в этот раз, всё увижу как следует. А в тот раз я был маленький, я не понимал, что такое цирк. В тот раз, когда на арену вышли акробаты и один полез на голову другому, я ужасно расхохотался, потому что думал, что это они так нарочно делают, для смеху, ведь дома я никогда не видел, чтобы взрослые дядьки карабкались друг на друга. И на улице тоже этого не случалось. Вот я и рассмеялся во весь голос. Я не понимал, что это артисты показывают свою ловкость. И ещё в тот раз я всё больше смотрел на оркестр, как они играют — кто на барабане, кто на трубе, — и дирижёр машет палочкой, и никто на него не смотрит, а все играют как хотят. Это мне очень понравилось, но пока я смотрел на этих музыкантов, в середине арены выступали артисты. И я их не видел и пропускал самое интересное. Конечно, я в тот раз ещё совсем глупый был.

И вот мы пришли всем классом в цирк. Мне сразу понравилось, что он пахнет чем-то особенным, и что на стенах висят яркие картины, и кругом светло, и в середине лежит красивый ковёр, а потолок высокий, и там привязаны разные блестящие качели. И в это время заиграла музыка, и все кинулись рассаживаться, а потом накупили эскимо и стали есть. И вдруг из-за красной

занавески вышел целый отряд каких-то людей, одетых очень красиво – в красные костюмы с жёлтыми полосками. Они встали по бокам занавески, и между ними прошёл их начальник в чёрном костюме. Он громко и немножко непонятно что-то прокричал, и музыка заиграла быстро-быстро и громко, и на арену выскочил артист-жонглёр, и началась потеха. Он кидал шарики, по десять или по сто штук вверх, и ловил их обратно. А потом схватил полосатый мяч и стал им играть... Он и головой его подшибал, и затылком, и лбом, и по спине катал, и каблуком наподдавал, и мяч катался по всему его телу как примагниченный. Это было очень красиво. И вдруг жонглёр кинул этот мячик к нам в публику, и тут уж началась настоящая суматоха, потому что я поймал этот мяч и бросил его в Валерку, а Валерка – в Мишку, а Мишка вдруг нацелился и ни с того ни с сего засветил прямо в дирижёра, но в него не попал, а попал в барабан! Бамм! Барабанщик рассердился и кинул мяч обратно жонглёру, но мяч не долетел, он просто угодил одной красивой тётеньке в причёску, и у неё получилась не причёска, а нахлобучка. И мы все так хохотали, что чуть не померли.

И когда жонглёр убежал за занавеску, мы долго не могли успокоиться. Но тут на арену выкатили огромный голубой шар, и дядька, который объявляет, вышел на середину и что-то прокричал неразборчивым голосом. Понять нельзя было ничего, и оркестр опять заиграл что-то очень весёлое, только не так быстро, как раньше.

И вдруг на арену выбежала маленькая девочка. Я таких маленьких и красивых никогда не видел. У неё были синие-синие глаза, и вокруг них были длинные ресницы. Она была в серебряном платье с воздушным плащом, и у неё были длинные руки; она ими взмахнула, как птица, и вскочила на этот огромный голубой шар, который для неё выкатили. Она стояла на шаре. И потом вдруг побежала, как будто захотела спрыгнуть с него, но шар завертелся под её ногами, и она на нём вот так как будто бежала, а на самом деле ехала вокруг арены. Я таких девочек никогда не видел. Все они были обыкновенные, а эта какая-то особенная. Она бегала по шару своими маленькими ножками, как по ровному полу, и голубой шар вёз её на себе: она могла ехать на нём и прямо, и назад, и налево, и куда хочешь! Она весело смеялась, когда так бегала, как будто плыла, и я подумал, что она, наверно, и есть Дюймовочка, такая она была маленькая, милая и необыкновенная. В это время она остановилась, и кто-то ей подал разные колокольчатые браслеты, и она надела их себе на туфельки и на руки и снова стала медленно кружиться на шаре, как будто танцевать. И оркестр заиграл тихую музыку, и было слышно, как тонко звенят золотые колокольчики на девочкиных длинных руках. И это всё было как в сказке. И тут ещё потушили свет, и оказалось, что девочка вдобавок умеет светиться в темноте, и она медленно плыла по кругу, и светилась, и звенела, и это было удивительно – я за всю свою жизнь не видел ничего такого подобного.

И когда зажгли свет, все захлопали и завопили «браво!», и я тоже кричал «браво!». А девочка соскочила со своего шара и побежала вперёд, к нам поближе, и вдруг на бегу перевернулась через голову, как молния, и ещё, и ещё раз, и всё вперёд и вперёд. И мне показалось, что вот она сейчас разобьётся о барьер, и я вдруг очень испугался, и вскочил на ноги, и хотел бежать к ней, чтобы подхватить её и спасти, но девочка вдруг остановилась как вкопанная, раскинула свои длинные руки, оркестр замолк, и она стояла и улыбалась. И все захлопали изо всех сил и даже застучали ногами. И в эту минуту эта девочка посмотрела на меня, и я увидел, что она увидела, что я её вижу и что я тоже вижу, что она видит меня, и она помахала мне рукой и улыбнулась. Она мне одному помахала и улыбнулась. И я опять захотел подбежать к ней, и я протянул к ней руки. А она вдруг послала всем воздушный поцелуй и убежала за красную

занавеску, куда убегали все артисты. И на арену вышел клоун со своим петухом и начал чихать и падать, но мне было не до него. Я всё время думал про девочку на шаре, какая она удивительная и как она помахала мне рукой и улыбнулась, и больше уже ни на что не хотел смотреть. Наоборот, я крепко зажмурил глаза, чтобы не видеть этого глупого клоуна с его красным носом, потому что он мне портил мою девочку: она всё ещё мне представлялась на своём голубом шаре.

А потом объявили антракт, и все побежали в буфет пить ситро, а я тихонько спустился вниз и подошёл к занавеске, откуда выходили артисты.

Мне хотелось ещё раз посмотреть на эту девочку, и я стоял у занавески и глядел – вдруг она выйдет? Но она не выходила.

А после антракта выступали львы, и мне не понравилось, что укротитель всё время таскал их за хвосты, как

будто это были не львы, а дохлые кошки. Он заставлял их пересаживаться с места на место или укладывал их на пол рядком и ходил по львам ногами, как по ковру, а у них был такой вид, что вот им не дают полежать спокойно. Это было неинтересно, потому что лев должен охотиться и гнаться за бизоном в бескрайних пампасах и оглашать окрестности грозным рычанием, приводящим в трепет туземное население. А так получается не лев, а просто я сам не знаю что.

И когда кончилось и мы пошли домой, я всё время думал про девочку на шаре. А вечером папа спросил:

— Ну как? Понравилось в цирке?

Я сказал:

— Папа! Там в цирке есть девочка. Она танцует на голубом шаре. Такая славная, лучше всех! Она мне улыбнулась и махнула рукой! Мне одному, честное слово! Понимаешь, папа? Пойдём в следующее воскресенье в цирк! Я тебе её покажу!

Папа сказал:

— Обязательно пойдём. Обожаю цирк!

А мама посмотрела на нас обоих так, как будто увидела в первый раз.

...И началась длиннющая неделя, и я ел, учился, вставал и ложился спать, играл и даже дрался, и всё равно каждый день думал, когда же придёт воскресенье, и мы с папой пойдём в цирк, и я снова увижу девочку на шаре, и покажу её папе, и, может быть, папа пригласит её к нам в гости, и я подарю ей пистолет-браунинг и нарисую корабль на всех парусах.

Но в воскресенье папа не смог идти. К нему пришли товарищи, они копались в каких-то чертежах, и кричали, и курили, и пили чай, и сидели допоздна, и после них у мамы разболелась голова, а папа сказал мне:

— В следующее воскресенье... Даю клятву Верности и Чести.

И я так ждал следующего воскресенья, что даже не помню, как прожил ещё одну неделю. И папа сдержал своё слово: он пошёл со мной в цирк и купил билеты во второй ряд, и я радовался, что мы так близко сидим, и представление началось, и я начал ждать, когда появится девочка на шаре. Но человек, который объявляет, всё время объявлял разных других артистов, и они выходили и выступали по-всякому, но девочка всё не появлялась. А я прямо дрожал от нетерпения, мне очень хотелось, чтобы папа увидел, какая она необыкновенная в своём серебряном костюме с воздушным плащом и как она ловко бегает по голубому шару. И каждый раз, когда выходил объявляющий, я шептал папе:

— Сейчас он объявит её!

Но он, как назло, объявлял кого-нибудь другого, и у меня даже ненависть к нему появилась, и я всё время говорил папе:

— Да ну его! Это ерунда на постном масле! Это не то!

А папа говорил, не глядя на меня:

— Не мешай, пожалуйста. Это очень интересно! Самое то!

Я подумал, что папа, видно, плохо разбирается в цирке, раз это ему интересно. Посмотрим, что он запоёт, когда увидит девочку на шаре. Небось подскочит на своём стуле на два метра в высоту...

Но тут вышел объявляющий и своим глухонемым голосом крикнул:

— Ант-рра-кт!

Я просто ушам своим не поверил! Антракт? А почему? Ведь во втором отделении будут только львы! А где же моя девочка на шаре? Где она? Почему она не выступает? Может быть, она заболела? Может быть, она упала и у неё сотрясение мозга?

Я сказал:

— Папа, пойдём скорей, узнаем, где же девочка на шаре!

Папа ответил:

— Да, да! А где же твоя эквилибристка? Что-то не видать! Пойдём-ка купим программку!..

Он был весёлый и довольный. Он огляделся вокруг, засмеялся и сказал:

— Ах, люблю... Люблю я цирк! Самый запах этот... Голову кружит...

И мы пошли в коридор. Там толклось много народу, и продавались конфеты и вафли, и на стенках висели фотографии разных тигриных морд, и мы побродили немного и нашли наконец контролёршу с программками. Папа купил у неё одну и стал просматривать. А я не выдержал и спросил у контролёрши:

— Скажите, пожалуйста, а когда будет выступать девочка на шаре?

— Какая девочка?

Папа сказал:

— В программе указана эквилибристка на шаре Т. Воронцова. Где она?

Я стоял и молчал.

Контролёрша сказала:

— Ах, вы про Танечку Воронцову? Уехала она. Уехала. Что же вы поздно хватились?

Я стоял и молчал. Папа сказал:

— Мы уже две недели не знаем покоя. Хотим посмотреть эквилибристку Т. Воронцову, а её нет.

Контролёрша сказала:

— Да она уехала... Вместе с родителями... Родители у неё «Бронзовые люди – Два-Яворс». Может, слыхали? Очень жаль. Вчера только уехали.

Я сказал:

– Вот видишь, папа...

– Я не знал, что она уедет. Как жалко... Ох ты боже мой!.. Ну что ж... Ничего не поделаешь...

Я спросил у контролёрши:

– Это, значит, точно?

Она сказала:

– Точно.

Я сказал:

– А куда, неизвестно?

Она сказала:

– Во Владивосток.

Вон куда. Далеко. Владивосток. Я знаю, он помещается в самом конце карты, от Москвы направо.

Я сказал:

– Какая даль.

Контролёрша вдруг заторопилась:

– Ну идите, идите на места, уже гасят свет!

Папа подхватил:

– Пошли, Дениска! Сейчас будут львы! Косматые, рычат – ужас! Бежим смотреть!

Я сказал:

– Пойдём домой, папа.

Он сказал:

– Вот так раз...

Контролёрша засмеялась. Но мы подошли к гардеробу, и я протянул номер, и мы оделись и вышли из цирка. Мы пошли по бульвару и шли так довольно долго, потом я сказал:

– Владивосток – это на самом конце карты. Туда, если поездом, целый месяц проедешь...

Папа молчал. Ему, видно, было не до меня. Мы прошли ещё немного, и я вдруг вспомнил про самолёты и сказал:

– А на «ТУ-104» за три часа – и там!

Но папа всё равно не ответил. Он крепко держал меня за руку. Когда мы вышли на улицу Горького, он сказал:

— Зайдём в кафе-мороженое. Смутузим по две порции, а?

Я сказал:

— Не хочется что-то, папа.

— Там подают воду, называется «Кахетинская». Нигде в мире не пил лучшей воды.

Я сказал:

— Не хочется, папа.

Он не стал меня уговаривать. Он прибавил шагу и крепко сжал мою руку. Мне стало даже больно. Он шёл очень быстро, и я еле-еле поспевал за ним. Отчего он шёл так быстро? Почему он не разговаривал со мной? Мне захотелось на него взглянуть. Я поднял голову. У него было очень серьёзное и грустное лицо.

На Садовой большое движение

У Ваньки Дыхова был велосипед. Довольно старый, но всё-таки ничего. Раньше это был велосипед Ванькиного папы, но, когда велосипед сломался, Ванькин папа сказал:

– Вот, Ванька, чем целый день гонка́ гонять, на́ тебе эту машину, отремонтируй её, и будет у тебя свой велосипед. Он, в общем, ещё хоть куда. Я его когда-то на барахолке купил, он почти новый был.

И Ванька так обрадовался этому велосипеду, что просто трудно передать. Он его утащил в самый конец двора и совсем перестал гонка гонять – наоборот, он целый день возился со своим велосипедом, стучал, колотил, отвинчивал и привинчивал. Он весь чумазый стал, наш Ванька, от машинного масла, и пальцы у него были все в ссадинах, потому что он, когда работал, часто промахивался и попадал сам себе молотком по пальцам. Но всё-таки дело у него ладилось, потому что у них в пятом классе проходят слесарное дело, а Ванька всегда был отличником по труду. И я Ваньке тоже помогал чинить машину, и он каждый день говорил мне:

– Вот погоди, Дениска, когда мы её починим, я тебя на ней катать буду. Ты сзади, на багажнике, будешь сидеть, и мы с тобой всю Москву изъездим!

И за то, что он со мной так дружит, хотя я всего только во вто-

ром, я ещё больше ему помогал и, главное, старался, чтобы багажник получился красивый. Я его четыре раза чёрным лаком покрасил, потому что он был всё равно что мой собственный. И он у меня так сверкал, этот багажник, как новенькая машина «Волга». И я всё радовался, как я буду сидеть на нём, и держаться за Ванькин ремень, и мы будем носиться по всему миру.

И вот однажды Ванька поднял свой велосипед с земли, подкачал шины, протёр его весь тряпочкой, сам умылся из бочки и застегнул брюки внизу бельевыми защепками. И я понял, что приближается наш с ним праздник. Ванька сел на машину и поехал. Он сначала объехал не торопясь вокруг двора, и машина шла под ним мягко-мягко, и было слышно, как приятно трутся о землю

шины. Потом Ванька прибавил скорости, и спицы засверкали, и Ванька пошёл выкомаривать номера, и стал петлять и крутить восьмёрки, и разгонялся изо всех сил, и сразу резко тормозил, и машина останавливалась под ним как вкопанная. И он по-всякому её испытывал, как лётчик-испытатель, а я стоял и смотрел, как механик, который стоит внизу и смотрит на штуки своего пилота. И мне было приятно, что Ванька так здорово ездит, хотя я могу, пожалуй, ещё лучше, во всяком случае не хуже. Но велосипед был не мой, велосипед был Ванькин, и нечего тут долго разговаривать, пускай он делает на нём всё, что угодно. Приятно было видеть, что машина вся блестит от краски, и невозможно было догадаться, что она старая. Она была лучше любой новой. Особенно багажник. Любо-дорого было смотреть на него, прямо сердце радовалось.

И Ванька скакал так на этой машине, наверно, с полчаса, и я уже стал побаиваться, что он совсем забыл про меня. Но нет, напрасно я так подумал про Ваньку. Он подъехал ко мне, ногой уткнулся в забор и говорит:

– Давай влазь.

Я, пока карабкался, спросил:

– А куда поедем?

Ванька сказал:

– А не всё равно? По белу свету!

И у меня сразу появилось такое настроение, как будто на нашем белом свете живут одни только весёлые люди и все они только и делают, что ждут, когда же мы с Ванькой к ним приедем в гости. И когда мы к ним приедем – Ванька за рулём, а я на багажнике, – сразу начнётся большущий праздник, и флаги будут развеваться, и шарики летать, и песни, и эскимо на палочке, и духовые оркестры будут греметь, и клоуны ходить на голове.

Такое вот у меня было удивительное настроение, и я примостился на свой багажник и схватился за Ванькин ремень. Ванька крутнул педали, и... прощай, папа! Прощай, мама! Прощай, весь наш старый двор, и вы, голуби, тоже до свиданья! Мы уезжаем кататься по белу свету!

Ванька вырулил со двора, потом за угол, и мы поехали разными переулками, где я раньше ходил только пешком. И всё теперь было совершенно по-другому, незнакомое какое-то, и Ванька всё время позванивал в звонок, чтобы не задавить кого-нибудь: ззь! ззь! ззь!..

И пешеходы выпрыгивали из-под нашей машины, как куры, и мы мчались с неслыханной быстротой, и мне было очень весело, и на душе было свободно, и очень хотелось горланить что-нибудь отчаянное. И я горланил букву «а». Вот так: аааааааааааа! И очень смешно получилось, когда Ванька въехал в один старенький переулок, в котором дорога была вся в булыжниках, как при царе Горохе. Машину стало трясти, и моя оралка на букву «а» стала прерываться, как будто стоило ей вылететь изо рта, как кто-то сразу обрезал её острыми ножичками и кидал на ветер. Получалось: а! а! а! а! а! Но потом опять подвернулся асфальт, и всё снова пошло как по маслу: аааааааааааа!

И мы ещё долго ездили по переулкам и наконец очень устали. Ванька остановился, и я спрыгнул со своего багажника. Ванька сказал:

– Ну как?

– Блеск! – сказал я.

– Тебе удобно было?

– Как на диване, – сказал я, – ещё удобней. Что за машина! Прямо экстра-класс!

Он засмеялся и пригладил свои растрёпанные волосы. Лицо у него было пыльное, грязное, и только глаза сверкали – синие, как тазики в кухне на стене. И зубы блестели вовсю.

И вот тут-то к нам с Ванькой и подошёл этот парень. Он был высокий, и у него был золотой зуб. На нём была полосатая рубашка с длинными рукавами, и на руках у него были разные рисунки, портреты и пейзажи. И за ним плелась такая лохматенькая собачушка, сделанная из разных шерстей. Были кусочки шерсти чёрненькие, были беленькие, попадались рыженькие, и был один зелёный... хвост у неё завивался крендельком, одна нога поджата. Этот парень сказал:

— Вы откуда, ребята?

Мы ответили:

— С Трёхпрудного.

Он сказал:

— Вона! Молодцы! Откуда доехали! Это твоя машина?

Ванька сказал:

— Моя. Была отцовская, теперь моя. Я её сам отремонтировал. А вот он, — Ванька показал на меня, — он мне помогал.

Этот парень сказал:

– Да... Смотри ты. Такие неказистые ребята, а прямо химики-механики.

Я сказал:

– А это ваша собака?

Этот парень кивнул:

– Ага. Моя. Это очень ценная собака. Породистая. Испанский такс.

Ванька сказал:

– Ну что вы! Какая же это такса? Таксы узкие и длинные.

– Не знаешь, так молчи! – сказал этот парень. – Московский там или рязанский такс – длинный, потому что он всё время под шкафом сидит и растёт в длину, а это собака другая, ценная. Она верный друг. Кличка – Жулик.

Он помолчал. Потом вздохнул три раза и сказал:

– Да что толку? Хоть и верный пёс, а всё-таки собака. Не может мне помочь в моей беде...

И у него на глазах появились слёзы. У меня прямо сердце упало. Что с ним? Ванька сказал испуганно:

– А какая у вас беда?

Этот парень сразу покачнулся и прислонился к стене.

– Бабушка помирает, – сказал он и стал часто-часто хватать воздух губами и всхлипывать. – Помирает бабуся... У ней двойной аппендицит... – Он посмотрел на нас искоса и добавил: – Двойной аппендицит, и корь тоже...

Тут он заревел и стал вытирать слёзы кулаком. У меня заколотилось сердце. А парень прислонился к стенке поудобнее и стал выть довольно громко. А его собака, глядя на него, тоже завыла. И они оба так стояли и выли, жутко было слышать. От этого воя Ванька даже побледнел под своей пылью. Он положил руку на плечо этому парню и сказал дрожащим голосом:

– Не войте, пожалуйста! Зачем вы так воете?

– Да как же мне не выть, – сказал этот парень и замотал головой, – как же мне не выть, когда у меня нет сил дойти до аптеки! Три дня не ел!.. Ай-уй-уй-юй!..

И он ещё хуже завыл. И ценная собака такс тоже. И никого вокруг не было. И я прямо не знал, что делать. Но Ванька не растерялся нисколько.

— А рецепт у вас есть? — закричал он. — Если есть, давайте его поскорее сюда, я сейчас же слетаю на машине в аптеку и привезу лекарство. Я быстро слетаю!

Я чуть не подскочил от радости. Вот так Ванька, молодец! С таким человеком не пропадёшь, он всегда знает, что надо делать. Сейчас мы с ним привезём этому парню лекарство и спасём его бабушку от смерти.

Я крикнул:

— Давайте же рецепт! Нельзя терять ни минуты!

Но этот парень задёргался ещё хуже, замахал на нас руками, перестал выть и заорал:

— Нельзя! Куда там! Вы что, в уме? Да как же это я пущу двух таких пацанят на Садовую? А? Да ещё на велосипеде! Вы что? Да вы знаете, какое там движение? А? Вас там через полсекунды в клочки разорвёт... Куда руки, куда ноги, головы отдельно!.. Ведь грузовики-пятитонки! Краны подъёмные мчатся!.. Вам хорошо, вас задавит, а мне за вас отвечать придётся! Не пущу я вас, хоть убейте! Пускай лучше бабушка умрёт, бедная моя Февронья Поликарповна!..

И он снова завыл своим толстым басом. Ценная собака такс вообще выла без остановки. Я не мог этого вынести — что этот парень такой благородный и что он согласен рисковать бабушкиной жизнью, только бы с нами ничего не случилось. У меня от всего этого губы стали кривиться в разные стороны, и я понял, что ещё немножко, и от этих дел я завою не хуже ценной собаки. Да и у Ваньки тоже глаза стали какие-то подмоченные, и он хлюпнул носом.

— Что же нам делать?

— А очень просто, — сказал этот парень деловитым голосом. — Один только выход и есть. Давайте ваш велосипед, я на нём съезжу. И сейчас вернусь. Век свободы не видать!.. — И он провёл ладонью поперёк горла.

Это, наверно, была его страшная клятва. Он протянул руку к машине. Но Ванька держал её довольно крепко. Этот парень подёргал её, потом бросил и снова зарыдал:

— Ой-ой-ой! Погибает моя бабушка, погибает ни за понюх табаку, погибает ни за рубль за двадцать... Ой-уюю...

И он стал рвать со своей головы волосы. Прямо вцепился и рвёт двумя руками. Я уже не смог выдержать такого ужаса. Я заплакал и сказал Ваньке:

— Дай ему велосипед, ведь умрёт бабушка! Если бы у тебя так?

А Ванька держится за велосипед и рыдает в ответ:

— Лучше уж я сам съезжу...

Тут этот парень посмотрел на Ваньку безумными глазами и захрипел как сумасшедший:

— Не веришь, да? Не веришь? Жалко на минутку дать свой драндулет? А старушка пусть помирает? Да? Бедная старушка, в беленьком платочке, пусть помирает от кори? Пускай, да? А пионер с красным галстуком жалеет драндулет? Эх вы! Душегубы! Собственники!..

Он оторвал от рубашки пуговку и стал топтать её ногами. А мы не шевелились. Мы совершенно изревелись с Ванькой. Тогда этот парень вдруг ни с того ни с сего подхватил с земли свою ценную собаку такс и стал совать её то мне, то Ваньке в руки:

— Нате! Друга вам отдаю в залог! Верного друга отдаю! Теперь веришь? Веришь или нет?! Ценная собака идёт в залог, ценная собака такс!

И он всё-таки всунул эту собачонку Ваньке в руки. И тут меня осенило. Я сказал:

— Ванька, он же собаку оставляет нам как заложника. Ему теперь никуда не деться, она же его друг, и к тому же ценная. Дай машину, не бойся.

И тут Ванька дал этому парню руль и сказал:

— Вам на пятнадцать минут хватит?

— Много, — сказал парень, — куда там! Пять минут на всё про всё! Ждите меня тут. Не сходите с места!

И он ловко вскочил на машину, с места ходко взял и прямо свернул на Садовую. И когда сворачивал за угол, ценная собака такс вдруг спрыгнула с Ваньки и как молния помчалась за ним.

Ванька крикнул мне:

— Держи!

Но я сказал:

— Куда там, нипочём не догнать. Она за хозяином побежала, ей без него скучно! Вот что значит верный друг. Мне бы такую...

А Ванька сказал так робко и с вопросом:

— Но ведь она же заложница?

— Ничего, — сказал я, — они скоро оба вернутся.

И мы подождали пять минут.

— Что-то его нет, — сказал Ванька.

— Очередь, наверно, — сказал я.

Потом прошло ещё часа два. Этого парня не было, и ценной собаки тоже. Когда стало темнеть, Ванька взял меня за руку.

— Всё ясно, — сказал. — Пошли домой.

– Что ясно... Ванька? – сказал я.

– Дурак я, дурак, – сказал Ванька. – Не вернётся он никогда, этот тип, и велосипед не вернётся. И ценная собака такс тоже!

И больше Ванька не сказал ни слова. Он, наверно, не хотел, чтобы я думал про страшное. Но я всё равно про это думал.

Ведь на Садовой такое движение...

Сражение у Чистой речки

У всех мальчишек 1-го класса «В» были пистолеты.

Мы так сговорились, чтобы всегда ходить с оружием. И у каждого из нас в кармане всегда лежал хорошенький пистолетик и к нему запас пистонных лент. И нам это очень нравилось, но так было недолго. А всё из-за кино...

Однажды Раиса Ивановна сказала:

— Завтра, ребята, воскресенье. И у нас с вами будет праздник. Завтра наш класс, и первый «А», и первый «Б», все три класса вместе, пойдут в кино «Художественный» смотреть кинокартину «Алые звёзды». Это очень интересная картина о борьбе за наше правое дело... Приносите завтра с собой по десять копеек. Сбор возле школы в десять часов!

Я вечером всё это рассказал маме, и мама положила мне в левый карман десять копеек на билет и в правый несколько монеток на воду с сиропом. И она отгладила мне чистый воротничок.

Я рано лёг спать, чтобы поскорее наступило завтра, а когда проснулся, мама ещё спала. Тогда я стал одеваться.

Мама открыла глаза и сказала:

— Спи, ещё ночь!

А какая ночь — светло как днём!

Я сказал:

— Как бы не опоздать!

Но мама прошептала:

— Шесть часов. Не буди ты отца, спи, пожалуйста!

Я снова лёг и лежал долго-долго, уже птички запели, и дворники стали подметать, и за окном загудела машина. Уж теперь-то наверняка нужно было вставать. И я снова стал одеваться. Мама зашевелилась и подняла голову:

— Ну чего ты, беспокойная душа?

Я сказал:

— Опоздаем ведь! Который час?

— Пять минут седьмого, — сказала мама, — ты спи, не беспокойся, я тебя разбужу, когда надо.

И верно, она потом меня разбудила, и я оделся, умылся, поел и пошёл к школе. Мы с Мишей стали в пару, и скоро все с Раисой Ивановной впереди и с Еленой Степановной позади пошли в кино.

Там наш класс занял лучшие места в первом ряду, потом в зале стало темнеть и началась картина. И мы увидели, как в широкой степи, недалеко от леса, сидели красные солдаты, как они пели песни и танцевали под гармонь. Один солдат спал на солнышке, и недалеко от него паслись красивые кони, они щипали своими мягкими губами траву, ромашки и колокольчики. И веял лёгкий ветерок, и бежала чистая речка, а бородатый солдат у маленького костерка рассказывал сказку про Жар-птицу.

И в это время, откуда ни возьмись, появились белые офицеры, их было очень много, и они начали стрелять, и красные стали падать и защищаться, но тех было гораздо больше...

И красный пулемётчик стал отстреливаться, но он увидел, что у него очень мало патронов, и заскрипел зубами, и заплакал.

Тут все наши ребята страшно зашумели, затопали и засвистели, кто в два пальца, а кто просто так. А у меня прямо защемило сердце, я не выдержал, выхватил свой пистолет и закричал что было сил:

— Первый класс «В»! Огонь!!!

И мы стали палить изо всех пистолетов сразу. Мы хотели во что бы то ни стало помочь красным. Я всё время палил в одного толстого фашиста, он всё бежал впереди, весь в чёрных крестах и разных эполетах; я истратил на него, наверно, сто патронов, но он даже не посмотрел в мою сторону.

А пальба кругом стояла невыносимая. Валька бил с локтя, Андрюшка короткими очередями, а Мишка, наверное, был снайпером, потому что после каждого выстрела он кричал:

– Готов!

Но белые всё-таки не обращали на нас внимания, а всё лезли вперёд. Тогда я оглянулся и крикнул:

– На помощь! Выручайте же своих!

И все ребята из «А» и «Б» достали пугачи с пробками и давай бахать так, что потолки затряслись и запахло дымом, порохом и серой.

А в зале творилась страшная суета. Раиса Ивановна и Елена Степановна бегали по рядам, кричали:

— Перестаньте безобразничать! Прекратите!

А за ними бежали селенькие контролёрши и всё время спотыкались... И тут Елена Степановна случайно взмахнула рукой и задела за локоть гражданку, которая сидела на приставном стуле.

А у гражданки в руке было эскимо. Оно взлетело, как пропеллер, и шлёпнулось на лысину одного дяденьки. Тот вскочил и закричал тонким голосом:

— Успокойте ваш сумасшедший дом!!!

Но мы продолжали палить вовсю, потому что красный пулемётчик уже почти замолчал: он был ранен, и красная кровь текла по его бледному лицу... И у нас тоже почти кончились пистоны, и неизвестно, что было бы дальше, но в это время из-за леса выскочили красные кавалеристы, и у них в руках сверкали шашки, и они врезались в самую гущу врагов!

И те побежали куда глаза глядят, за тридевять земель, а красные кричали «ура!». И мы тоже все как один кричали «ура!».

И когда белых не стало видно, я крикнул:

— Прекратить огонь!

И все перестали стрелять, и на экране заиграла музыка, и один парень уселся за стол и стал есть гречневую кашу.

И тут я понял, что очень устал и тоже хочу есть.

Потом картина кончилась очень хорошо, и мы разошлись по домам.

А в понедельник, когда мы пришли в школу, нас, всех мальчишек, кто был в кино, собрали в большом зале.

Там стоял стол. За столом сидел Фёдор Николаевич, наш директор. Он встал и сказал:

— Сдавай оружие!

И мы все по очереди подходили к столу и сдавали оружие. На столе, кроме пистолетов, оказались две рогатки и трубка для стрельбы горохом. Фёдор Николаевич сказал:

– Мы сегодня утром советовались, что с вами делать. Были разные предложения... Но я объявляю вам всем устный выговор за нарушение правил поведения в закрытых помещениях зрелищных предприятий! Кроме того, у вас, вероятно, будут снижены отметки за поведение. А теперь идите – учитесь хорошо!

И мы пошли учиться. Но я сидел и плохо учился. Я всё думал, что выговор – это очень скверно и что мама, наверно, будет сердиться...

Но на переменке Мишка Слонов сказал:

– А всё-таки хорошо, что мы помогли красным продержаться до прихода своих!

И я сказал:

– Конечно!!! Хоть это и кино, а может быть, без нас они и не продержались бы!

Кто знает...

Тайное становится явным

Я услышал, как мама в коридоре сказала кому-то:
– Тайное всегда становится явным.
И когда она вошла в комнату, я спросил:
– Что это значит, мама: тайное становится явным?
– А это значит, что, если кто поступает нечестно, всё равно про него это узнают, и будет ему очень стыдно, и он понесёт наказание, – сказала мама. – Понял?.. Ложись-ка спать!

Я вычистил зубы, лёг спать, но не спал, а всё время думал: как же так получается, что тайное становится явным? И я долго не спал, а когда проснулся, опять вычистил зубы и стал завтракать. Было утро, папа был уже на работе, и мы с мамой были одни.

Сначала я съел яйцо. Это было ещё терпимо, потому что я выел один желток, а белок раскромсал со скорлупой так, чтобы его не было видно. Но потом мама принесла целую тарелку манной каши.

– Ешь! – сказала мама. – Безо всяких разговоров!
Я сказал:
– Видеть не могу манную кашу!
Но мама закричала:
– Посмотри, на кого ты стал похож! Вылитый Кощей! Ешь. Ты должен поправиться.
Я сказал:
– Я ею давлюсь!..
Тогда мама села со мной рядом, обняла меня за плечи и ласково спросила:
– Хочешь, пойдём с тобой в Кремль?
Ну ещё бы... Я не знаю ничего красивее Кремля. Я там был в Грановитой палате и в Оружейной, стоял возле

Царь-пушки и знаю, где сидел Иван Грозный. И ещё там очень много интересного. Поэтому я быстро ответил маме:

— Конечно, хочу в Кремль! Даже очень.

Тогда мама улыбнулась:

— Ну вот, ешь всю кашу до конца, и пойдём. А я пока посуду вымою. Только помни — ты должен съесть всё до дна!

И мама ушла на кухню.

А я остался с кашей наедине. Я пошлёпал её ложкой. Потом посолил. Попробовал — ну невозможно есть. Тогда я подумал, что, может быть, сахару не хватает? Посыпал песку, пригубил. Ещё хуже стало. Я не люблю кашу, я же говорю.

А она к тому же была очень густая. Если бы она была жидкая, тогда другое дело, я бы зажмурился и выпил её. Тут я взял и долил в кашу кипятку. Всё равно было скользко, липко и противно. Главное, когда я глотаю, у меня горло само сжимается и выталкивает эту кашу обратно. Ужасно обидно! Ведь в Кремль-то хочется! И тут я вспомнил, что у нас есть хрен. С хреном, кажется, всё можно съесть! Я взял и вылил в кашу всю баночку, а когда немножко попробовал, у меня сразу глаза на лоб полезли и остановилось дыхание, и я, наверно, потерял сознание, потому что взял тарелку, быстро подбежал к окну и выплеснул кашу на улицу. Потом вернулся и сел за стол.

В это время вошла мама. Она сразу посмотрела на тарелку и обрадовалась:

— Ну что за Дениска, что за парень-молодец! Съел всю кашу до дна! Ну, вставай,

одевайся, рабочий народ, идём на прогулку в Кремль! – И она меня поцеловала.

В эту же минуту дверь открылась и в комнату вошёл милиционер. Он сказал:

– Здравствуйте, – и побежал к окну, поглядел вниз, потом поглядел на маму и говорит: – А ещё интеллигентный человек.

– Что вам нужно? – строго спросила мама.

– Как не стыдно! – Милиционер даже стал по стойке «смирно». – Государство предоставляет вам новое жильё, со всеми удобствами и, между прочим, с мусоропроводом, а вы выливаете разную гадость за окно!

– Не клевещите, – запальчиво крикнула мама, – ничего я не выливаю!

– Ах, не выливаете, – язвительно рассмеялся милиционер. И, открыв дверь в коридор, крикнул: – Пострадавший! Пожалуйте сюда!

И вот к нам вошёл какой-то дяденька. Я как на него взглянул, так сразу понял, что в Кремль я не пойду.

На голове у этого дяденьки была шляпа. А на шляпе наша каша. Она лежала почти в середине шляпы, в ямочке, и немножко по краям, где лента, и немножко за воротником, и на плечах, и на левой брючине. Он как вошёл, сразу стал мекать.

– Главное, я иду фотографироваться... мме... и вдруг такая история... каша... мме... манная... Горячая, между прочим, сквозь шляпу и то... мме... жжёт... Как же я пошлю своё... мме... фото, когда я весь в каше?!

Тут мама посмотрела на меня, и глаза у неё стали зелёные, как крыжовник. А уж это верная примета, что мама ужасно рассердилась.

– Извините, пожалуйста, – сказала она тихо, – разрешите, я вас почищу, пройдите сюда!

И они все трое прошли в коридор.

А когда мама вернулась, мне даже страшно было на неё взглянуть. Но я себя пересилил, подошёл к ней и сказал:

– Да, мама, ты вчера сказала правильно. Тайное всегда становится явным!

Мама посмотрела мне в глаза. Она смотрела долго-долго и потом спросила:

– Ты это запомнил на всю жизнь?

И я ответил:

– Да.

Слава Ивана Козловского

У меня в табеле одни пятёрки. Только по чистописанию четвёрка. Из-за клякс. Я прямо не знаю, что делать! У меня всегда с пера соскакивают кляксы. Я уж макаю в чернила только самый кончик пера, а кляксы всё равно соскакивают.

Просто чудеса какие-то! Один раз я целую страницу написал чисто-чисто, любо-дорого смотреть – настоящая пятёрочная страница. Утром показал её Раисе Ивановне, а там на самой середине клякса! Откуда она взялась? Вчера её не было! Может быть, она с какой-нибудь другой страницы просочилась? Не знаю...

А так у меня одни пятёрки. Только по пению тройка. Это вот как получилось. Был у нас урок пения. Сначала мы пели все хором «Во поле берёзонька стояла». Выходило очень красиво, но Борис Сергеевич всё время морщился и кричал:

– Тяните гласные, друзья, тяните гласные!..

Тогда мы стали тянуть гласные, но Борис Сергеевич хлопнул в ладоши и сказал:

– Настоящий кошачий концерт! Давайте-ка займёмся с каждым инди-виду-ально.

Это значит с каждым отдельно.

И Борис Сергеевич вызвал Мишу.

Миша подошёл к роялю и что-то такое прошептал Борису Сергеевичу.

Тогда Борис Сергеевич начал играть, а Миша тихонечко запел:

– Как на тоненький ледок
Выпал беленький снежок...

Ну и смешно же пищал Мишка! Так пищит наш котёнок Мурзик, когда я его засовываю в чайник. Разве ж так поют? Почти ничего не слышно. Я просто не мог выдержать и рассмеялся.

Тогда Борис Сергеевич поставил Мише пятёрку и поглядел на меня. Он сказал:

— Ну-ка, хохотун, выходи!

Я быстро выбежал к роялю.

— Ну-с, что вы будете исполнять? — вежливо спросил Борис Сергеевич.

Я сказал:

— Песня Гражданской войны «Веди ж, Будённый, нас смелее в бой».

Борис Сергеевич тряхнул головой и заиграл, но я его сразу остановил.

— Играйте, пожалуйста, погромче! — сказал я.

Борис Сергеевич сказал:

— Тебя не будет слышно.

Но я сказал:

— Будет. Ещё как!

Борис Сергеевич заиграл, а я набрал побольше воздуха да как гряну во всю мочь свою любимую:

— Высоко в небе ясном
Вьётся алый стяг...

Мне очень нравится эта песня. Так и вижу синее-синее небо, жарко, кони стучат копытами, у них красивые лиловые глаза, а в небе вьётся алый стяг.

Тут я даже зажмурился от восторга и закричал что было сил:

— Мы мчимся на конях туда,
Где виден враг!
И в битве упоительной...

Я хорошо орал, наверно, было слышно на другой улице:

— Лавиною стремительной!
Мы мчимся вперёд!.. Ура!..
Красные всегда побеждают!
Отступайте, враги! Даёшь!!!

Я нажал себе кулаками на живот, вышло ещё громче, и я чуть не лопнул:

– Мы вррезалися в Крым!

Тут я остановился, потому что я был весь потный и у меня дрожали колени.

А Борис Сергеевич хоть и играл, но весь как-то склонился к роялю, и у него тоже тряслись плечи...

Я сказал:

– Ну как?

– Чудовищно! – похвалил Борис Сергеевич.

– Хорошая песня, правда? – спросил я.

– Хорошая, – сказал Борис Сергеевич и закрыл платком глаза.

– Только жаль, вы очень тихо играли, Борис Сергеевич, – сказал я, – можно бы ещё погромче.

– Ладно, я учту, – сказал Борис Сергеевич. – А ты не заметил, что я играл одно, а ты пел немножко по-другому?

– Нет, – сказал я, – я этого не заметил! Да это и не важно. Просто надо было погромче играть.

– Ну что ж, – сказал Борис Сергеевич, – раз ты ничего не заметил, поставим тебе пока тройку. За прилежание.

Как тройку?! Я даже опешил. Как же это может быть? Тройка – это очень мало! Мишка так тихо пел и то получил пятёрку...

Я сказал:

– Борис Сергеевич, когда я немножко отдохну, я ещё громче смогу, вы не думайте. Это я сегодня плохо завтракал. А то я так могу спеть, что тут у всех уши позаложит. Я знаю ещё одну песню. Когда я её дома пою, все соседи прибегают, спрашивают, что случилось.

– Это какая же? – спросил Борис Сергеевич.

– Жалостливая, – сказал я и завёл:

– Я вас любил:
Любовь ещё, быть может...

Но Борис Сергеевич поспешно сказал:

– Ну хорошо, хорошо, всё это мы обсудим в следующий раз.

И тут раздался звонок.

Мама встретила меня в раздевалке. Когда мы собирались уходить, к нам подошёл Борис Сергеевич.

– Ну, – сказал он, улыбаясь, – возможно, ваш мальчик будет Лобачевским, может быть, Менделеевым. Он может стать Суриковым или Кольцовым, я не удивлюсь, если он станет известен стране, как известен товарищ Николай Мамай или какой-либо боксёр, но в одном могу заверить вас абсолютно твёрдо: славы Ивана Козловского он не добьётся. Никогда!

Мама ужасно покраснела и сказала:

– Ну, это мы ещё увидим!

А когда мы шли домой, я всё думал: «Неужели Козловский поёт громче меня?»

Мотогонки по отвесной стене

Ещё когда я был маленький, мне подарили трёхколёсный велосипед. И я на нём выучился ездить. Сразу сел и поехал, нисколько не боясь, как будто я всю жизнь ездил на велосипедах.

Мама сказала:

– Смотри, какой он способный к спорту!

А папа сказал:

– Сидит довольно обезьяновато...

А я здорово научился ездить и довольно скоро стал делать на велосипеде разные штуки, как весёлые артисты в цирке. Например, я ездил задом наперёд или лёжа на седле и вертя педали какой угодно рукой – хочешь правой, хочешь левой; ездил боком, растопыря ноги; ездил, сидя на руле, а то зажмурясь и без рук; ездил со стаканом воды в руке. Словом, наловчился по-всякому.

А потом дядя Женя отвернул у моего велосипеда одно колесо, и он стал двухколёсным, и я опять очень быстро всё заучил. И ребята во дворе стали меня называть «чемпионом мира и его окрестностей».

И так я катался на своём велосипеде до тех пор, пока колени у меня не стали во время езды подниматься выше руля. Тогда я догадался, что я уже вырос из этого велосипеда, и стал думать, когда же папа купит мне настоящую машину «Школьник».

И вот однажды к нам во двор въезжает велосипед. И дяденька, который на нём сидит, не крутит ногами, а велосипед трещит себе под ним, как стрекоза, и едет сам. Я ужасно удивился. Я никогда не видел, чтобы велосипед ехал сам. Мотоцикл – это другое дело, автомобиль – тоже, ракета – ясно, а велосипед? Сам?

Я просто глазам своим не поверил.

А этот дяденька, что на велосипеде, подъехал к Мишкиному парадному и остановился. И он оказался совсем не дяденькой, а молодым парнем. Потом он поставил велосипед около трубы и ушёл. А я остался стоять тут же с разинутым ртом. Вдруг выходит Мишка.

Он говорит:

– Ну? Чего уставился?

Я говорю:

– Сам едет, понял?

Мишка говорит:

– Это нашего племянника Федьки машина. Велосипед с мотором. Федька к нам приехал по делу – чай пить.

Я спрашиваю:

– А трудно такой машиной управлять?

– Ерунда на постном масле, – говорит Мишка. – Он заводится с пол-оборота. Один раз нажмёшь на педаль, и готово – можешь ехать. А бензину в ней на сто километров. А скорость двадцать километров за полчаса.

– Ого! Вот это да! – говорю я. – Вот это машина! На такой покататься бы!

Тут Мишка покачал головой:

– Влетит. Федька убьёт. Голову оторвёт!

– Да. Опасно, – говорю я.

Но Мишка огляделся по сторонам и вдруг заявляет:

– Во дворе никого нет, а ты всё-таки «чемпион мира». Садись! Я помогу разогнать машину, а ты один разок толкни педаль, и всё пойдёт как по маслу. Объедешь вокруг садика два-три круга, и мы тихонечко поставим машину на место. Федька у нас чай подолгу пьёт. По три стакана дует. Давай!

– Давай, – сказал я.

И Мишка стал держать велосипед, а я на него взгромоздился. Одна нога действительно доставала самым носком до края педали, зато другая висела в воздухе, как макаронина. Я этой макарониной отпихнулся от трубы, а Мишка побежал рядом и кричит:

– Жми педаль, жми давай!

Я постарался, съехал чуть набок с седла да как нажму на педаль! Мишка чем-то щёлкнул на руле... И вдруг машина затрещала, и я поехал!

Я поехал! Сам. На педали не жму – не достаю, а только еду, соблюдаю равновесие!

Это было чудесно! Ветерок засвистел у меня в ушах, всё вокруг понеслось быстро-быстро по кругу: столбик, ворота, скамеечка, грибы от дождя, песочник, качели, домоуправление, и опять столбик, ворота, скамеечка, грибы от дождя, песочник, качели, домоуправление, и опять столбик, и всё сначала, и я ехал, вцепившись в руль, а Мишка всё бежал за мной, но на третьем круге он крикнул:

– Я устал! – и прислонился к столбику.

А я поехал один, и мне было очень весело, и я всё ездил и воображал, что участвую в мотогонках по отвесной стене. Я видел, в парке культуры так мчалась отважная артистка...

И столбик, и Мишка, и качели, и домоуправление – всё мелькало передо мной довольно долго, и всё было очень хорошо, только ногу, которая висела, как макаронина, стали немножко колоть мурашки...

И ещё мне вдруг стало как-то не по себе, и ладони сразу стали мокрыми, и очень захотелось остановиться.

Я доехал до Мишки и крикнул:

– Хватит! Останавливай!

Мишка побежал за мной и кричит:

– Что? Говори громче!

Я кричу:

– Ты что, оглох, что ли?

Но Мишка уже отстал. Тогда я проехал ещё круг и закричал:

– Останови машину, Мишка!

Тогда он схватился за руль, машину качнуло, он упал, а я опять поехал дальше.

Гляжу, он снова встречает меня у столбика и орёт:

– Тормоз! Тормоз!

Я промчался мимо него и стал искать этот тормоз. Но ведь я же не знал, где он! Я стал крутить разные винтики и что-то нажимать на руле. Куда там! Никакого толку! Машина трещит себе как ни в чём не бывало, а у меня в макаронную ногу уже тысячи иголок впиваются!

Я кричу:

– Мишка, а где этот тормоз?

А он:

– Я забыл!

А я:

– Ты вспомни!

– Ладно, вспомню, ты пока покрутись ещё немножко!

– Ты скорей вспоминай, Мишка! – опять кричу я.

И проехал дальше и чувствую, что мне уже совсем не по себе, тошно как-то. А на следующем кругу Мишка снова кричит:

– Не могу вспомнить! Ты лучше попробуй спрыгни!

А я ему:

– Меня тошнит!

Если бы я знал, что так получится, ни за что бы не стал кататься, лучше пешком ходить, честное слово!

А тут опять впереди Мишка кричит:

– Надо достать матрац, на котором спят! Чтоб ты в него врезался и остановился! Ты на чём спишь?

Я кричу:

– На раскладушке!

А Мишка:

– Тогда езди, пока бензин не кончится!

Я чуть не переехал его за это. «Пока бензин не кончится»... Это, может быть, ещё две недели так носиться вокруг садика, а у нас на вторник билеты в кукольный театр. И ногу колет! Я кричу этому дуралею:

– Сбегай за вашим Федькой!

– Он чай пьёт! – кричит Мишка.

– Потом допьёт! – ору я.

– Убьёт! Обязательно убьёт! – соглашается Мишка.

И опять всё завертелось передо мной: столбик, ворота, скамеечка, песочник, грибки от дождя, качели, домоуправление. Потом наоборот: домоуправление, качели, песочник, грибки от дождя, скамеечка, столбик, а потом пошло вперемешку: домик, столбоуправление, качели, ворота от дождя, грибеечка... И я понял, что дело плохо.

Но в это время кто-то сильно схватил машину, она перестала трещать, и меня довольно крепко хлопнули по затылку.

Я сообразил, что это Мишкин Федька наконец почайпил. И я тут же кинулся бежать, но не смог, потому что макаронная нога вонзилась в меня, как кинжал. Но я всё-таки не растерялся и ускакал от Федьки на одной ноге.

И он не стал догонять меня.

А я на него не рассердился за подзатыльник. Потому что без него я, наверно, кружил бы по двору до сих пор.

Надо иметь чувство юмора

Один раз мы с Мишкой делали уроки. Мы положили перед собой тетрадки и списывали. И в это время я рассказывал Мишке про лемуров, что у них большие глаза, как стеклянные блюдечки, и что я видел фотографию лемура, как он держится за авторучку, сам маленький-маленький и ужасно симпатичный.

Потом Мишка говорит:

– Написал?

Я говорю:

– Уже.

– Ты мою тетрадку проверь, – говорит Мишка, – а я – твою.

И мы поменялись тетрадками.

И я как увидел, что Мишка написал, так сразу стал хохотать. Гляжу, а Мишка тоже покатывается, прямо синий стал.

Я говорю:

– Ты чего, Мишка, покатываешься?

А он:

– Я покатываюсь, что ты неправильно списал! А ты чего?

Я говорю:

– А я то же самое, только про тебя. Гляди, ты написал: «Наступили мозы». Это кто такие – «мозы»?

Мишка покраснел:

– Мозы – это, наверно, морозы. А ты вот написал: «Натала зима». Это что такое?

– Да, – сказал я, – не «натала», а «настала». Ничего не попишешь, надо переписывать. Это всё лемуры виноваты.

И мы стали переписывать. А когда переписали, я сказал:

– Давай задачи задавать!

– Давай, – сказал Мишка.

В это время пришёл папа. Он сказал:

– Здравствуйте, товарищи студенты...

И сел к столу.

Я сказал:

– Вот, папа, послушай, какую я Мишке задам задачу: вот у меня есть два яблока, а нас трое, как разделить их среди нас поровну?

Мишка сейчас же надулся и стал думать. Папа не надувался, но тоже задумался. Они думали долго.

Я тогда сказал:

– Сдаёшься, Мишка?

Мишка сказал:

– Сдаюсь!

Я сказал:

– Чтобы мы все получили поровну, надо из этих яблок сварить компот. – И стал хохотать: – Это меня тётя Мила научила!..

Мишка надулся ещё больше. Тогда папа сощурил глаза и сказал:

– А раз ты такой хитрый, Денис, дай-ка я задам тебе задачу.

– Давай задавай, – сказал я.

Папа походил по комнате.

– Ну слушай, – сказал он. – Один мальчишка учится в первом классе «В». Его семья состоит из четырёх человек. Мама встаёт в семь часов и тратит на одевание десять минут. Зато папа чистит зубы пять минут. Бабушка ходит в магазин столько, сколько мама одевается плюс папа чистит зубы. А дедушка читает газеты, сколько бабушка ходит в магазин минус во сколько встаёт мама.

Когда они все вместе, они начинают будить этого мальчишку из первого класса «В». На это уходит время чтения дедушкиных газет плюс бабушкино хождение в магазин.

Когда мальчишка из первого класса «В» просыпается, он потягивается столько времени, сколько одевается мама плюс папина чистка зубов. А умывается он, сколько дедушкины газеты, делённые на бабушку. На уроки он опаздывает на столько минут, сколько он потягивается плюс умывается минус мамино вставание, умноженное на папины зубы.

Спрашивается: кто же этот мальчишка из первого «В» и что ему грозит, если это будет продолжаться? Всё!

Тут папа остановился посреди комнаты и стал смотреть на меня. А Мишка захохотал во всё горло и стал тоже смотреть на меня. Они оба на меня смотрели и хохотали.

Я сказал:

— Я не могу сразу решить эту задачу, потому что мы ещё этого не проходили.

И больше я не сказал ни слова, а вышел из комнаты, потому что я сразу догадался, что в ответе этой задачи получится лентяй и что такого скоро выгонят из школы. Я вышел из комнаты в коридор и залез за вешалку и стал думать, что если это задача про меня, то это неправда, потому что я всегда встаю довольно быстро и потягиваюсь совсем недолго, ровно столько, сколько нужно. И ещё я подумал, что если папе так хочется на меня выдумывать, то, пожалуйста, я могу уйти из дома прямо на целину. Там работа всегда найдётся, там люди нужны, особенно молодёжь. Я там буду покорять природу, и папа приедет с делегацией на Алтай, увидит меня, и я остановлюсь на минутку, скажу:

«Здравствуй, папа», — и пойду дальше покорять.

А он скажет:

«Тебе привет от мамы...»

А я скажу:

«Спасибо... Как она поживает?»

А он скажет:

«Ничего».

А я скажу:

«Наверно, она забыла своего единственного сына?»

А он скажет:

«Что ты, она похудела на тридцать семь кило! Вот как скучает!»

А что я ему скажу дальше, я не успел придумать, потому что на меня упало пальто и папа вдруг прилез за вешалку. Он меня увидел и сказал:

— Ах ты, вот он где! Что у тебя за такие глаза? Неужели ты принял эту задачу на свой счёт?

Он поднял пальто и повесил его на место и сказал дальше:

— Я это всё выдумал. Такого мальчишки и на свете-то нет, не то что в вашем классе!

И папа взял меня за руки и вытащил из-за вешалки.

Потом ещё раз поглядел на меня пристально и улыбнулся.

— Надо иметь чувство юмора, — сказал он мне, и глаза у него стали весёлые-весёлые. — А ведь это смешная задача, правда? Ну! Засмейся!

И я засмеялся.

И он тоже.

И мы пошли в комнату.

Профессор кислых щей

Мой папа не любит, когда я мешаю ему читать газеты. Но я про это всегда забываю, потому что мне очень хочется с ним поговорить. Ведь он же мой единственный отец! Мне всегда хочется с ним поговорить.

Вот он раз сидел и читал газету, а мама пришивала мне воротник к куртке. Я сказал:

— Пап, а ты знаешь, сколько в озеро Байкал можно напихать Азовских морей?

Он сказал:

— Не мешай...

Я сказал:

— Девяносто два! Здорово?

Он сказал:

— Здорово. Не мешай, ладно?

И снова стал читать.

Я сказал:

— Ты художника Эль Греко знаешь?

Он кивнул.

Я сказал:

— Его настоящая фамилия Доменико Теотокопули! Потому что он грек с острова Крит. А Крит был греческий когда-то. Вот этого художника испанцы и прозвали Эль Греко!.. Интересные дела. Кит, например, папа, за пять километров слышит!

Папа сказал:

— Помолчи хоть немного... Хоть пять минут...

Но у меня было столько новостей для папы, что я не мог удержаться. Из меня высыпались новости, прямо выскакивали одна за другой. Потому что очень уж их было много. Если бы их было поменьше, может быть, мне легче было бы перетерпеть, и я бы помолчал, но их было

173

много, и поэтому я ничего не мог с собой поделать. Я сказал:

— Папа! Ты не знаешь самую главную новость: на Больших Зондских островах живут маленькие буйволы. Они, папа, карликовые. Называются кентусы. Такого кентуса можно в чемодане привезти!

— Ну да? — сказал папа. — Просто чудеса! Дай спокойно почитать газету, ладно?

— Читай, читай, — сказал я, — читай, пожалуйста! Понимаешь, папа, выходит, что у нас в коридоре может пастись целое стадо таких буйволов!.. А Гагарину ключ подарили от Каира! Ура?

— Ура, — сказал папа. — Замолчишь, нет?

— А солнце стоит не в центре неба, — сказал я, — а сбоку!

— Не может быть, — сказал папа.

— Даю слово, — сказал я, — оно стоит сбоку! Сбоку припёка.

Папа посмотрел на меня туманными глазами. Потом глаза у него прояснились, и он сказал маме:

— Где это он нахватался? Откуда? Когда?

Мама улыбнулась:

— Он современный ребёнок. Он читает, слушает радио. Телевизор. Лекции. А ты как думал?

— Удивительно, — сказал папа, — как это быстро всё получается.

И он снова укрылся за газетой, а мама его спросила:

— Чем это ты так зачитался?

— Африка, — сказал папа. — Кипит! Конец колониализму!

— Ещё не конец! — сказал я.

— Что? — спросил папа.

Я подлез к нему под газету и встал перед ним.

— Есть ещё зависимые страны, — сказал я. — Много ещё есть зависимых. Больше двадцати ещё мучаются.

Он сказал:

— Ты не мальчишка. Нет. Ты просто профессор! Настоящий профессор... кислых щей!

И он засмеялся, и мама вместе с ним. Она сказала:

— Ну ладно, Дениска, иди погуляй. — Она протянула мне куртку и подтолкнула меня: — Иди, иди!

Я пошёл и спросил у мамы в коридоре:

— А это что такое, мама, профессор кислых щей? В первый раз слышу такое выражение! Это он меня в насмешку так назвал — кислых щей? Это обидное?

Но мама сказала:

— Что ты, это нисколько не обидное. Разве папа может тебя обидеть? Это он, наоборот, тебя похвалил!

Я сразу успокоился, раз он меня похвалил, и пошёл гулять. А на лестнице я вспомнил, что мне надо проведать Алёнку, а то все говорят, что она заболела и ничего не ест. И я пошёл к Алёнке. У них сидел какой-то дяденька, в синем костюме и с белыми руками. Он сидел за столом и разговаривал с Алёнкиной мамой. А сама Алёнка лежала на диване и приклеивала лошади ногу. Когда Алёнка меня увидела, она сразу заорала:

— Дениска пришёл! Ого-го!

Я вежливо сказал:

— Здравствуйте! Чего орёшь, как дура?

И сел к ней на диван. А дяденька с белыми руками встал и сказал:

— Значит, всё ясно! Воздух, воздух и воздух. Ведь она вполне здоровая девочка! Ничего тревожного.

И я сразу понял, что это доктор.

Алёнкина мама сказала:

— Спасибо, профессор! Большое спасибо.

И она пожала ему руку. Видно, это был такой хороший доктор, что он всё знал, и его называли за это профессор.

Он подошёл к Алёнке и сказал:

— До свидания, Алёнка, выздоравливай.

Она покраснела, высунула язык, отвернулась к стенке и оттуда прошептала:

— До свидания...

Он погладил её по голове и повернулся ко мне:

— А вас как зовут, молодой человек?

Вот он какой был славный, на «вы» меня назвал.

Я сразу встал и сказал:

— Я Денис Кораблёв! А вас как зовут?

Он взял мою руку своей белой большой и мягкой рукой. Я даже удивился, какая она мягкая. Ну прямо шёлковая. И от него от всего так вкусно пахло чистотой. И он потряс мне руку и сказал:

— А меня зовут Василий Васильевич Сергеев. Профессор.

Я сказал:

— Кислых щей? Профессор кислых щей?

Алёнкина мама всплеснула руками. А профессор покраснел и закашлял. И они оба вышли из комнаты.

И мне показалось, что они как-то не так вышли. Как будто даже выбежали. И ещё мне показалось, что я что-то не так сказал. Прямо не знаю...

А может быть, «кислых щей» это всё-таки обидное, а?

Расскажите мне про Сингапур

Мы с папой поехали на воскресенье в гости к родным. Они жили в маленьком городе под Москвой, и мы на электричке быстро доехали.

Дядя Алексей Михайлович и тётя Мила встретили нас на перроне.

Алексей Михайлович сказал:

– Ого, Дениска-то как возмужал!

А папа ответил:

– Да, Алексей Михайлович, нам время тлеть, а этим чертенятам – цвести.

Тётя Мила засмеялась и сказала:

– Не болтайте глупости. Иди, Денёк, со мной рядом. Это что за корзинка?

Я сказал:

– Здесь пластилин, карандаши и пистолеты...

Тётя Мила засмеялась, и мы пошли через рельсы, мимо станции и вышли на мягкую дорогу; по бокам дороги стояли деревья. И я быстро разулся и пошёл босиком, и было немного щекотно и колко ступням, так же, как и в прошлом году, когда я в первый раз после зимы пошёл босиком. И в это время дорога повернула к берегу и в воздухе запахло рекой и ещё чем-то сладким, и я стал бегать по траве, и скакать, и кричать: «О-га-га-а!» И тётя Мила сказала:

– Телячий восторг.

И когда мы пришли к ней домой, было уже темно, и все сели на террасе пить чай, и мне тоже налили большую чашку. И я пил чай и клевал носом.

Вдруг Алексей Михайлович сказал папе:

– Знаешь, сегодня в ноль сорок к нам приедет Харитоша. Он у нас пробудет целые сутки, завтра только ночью уедет. Он проездом.

Папа ужасно обрадовался.

– Дениска, – сказал он, – твой двоюродный дядька Харитон Васильевич приедет! Он давно хотел с тобой познакомиться!

Я сказал:

– А почему я его не знаю?

Тётя Мила опять засмеялась.

– Потому что он живёт на Севере, – сказала она, – и редко бывает в Москве.

Я спросил:

– А он кто такой?

Алексей Михайлович поднял палец кверху:

– Капитан дальнего плавания – вот он кто такой. Не фунт изюму!

У меня даже мурашки побежали по спине. Как? Мой двоюродный дядька – капитан дальнего плавания? И я об этом только что узнал? Папа всегда так – про самое главное вспоминает совершенно случайно!

Я сказал:

– Что ж ты не говорил мне, папа, что у меня есть дядя – капитан дальнего плавания? Не буду тебе сапоги чистить!

Тётя Мила снова расхохоталась. Я уже давно заметил, что тётя Мила смеётся кстати и некстати. Сейчас она засмеялась некстати. А папа сказал:

– Я тебе говорил ещё в позапрошлом году, когда он приехал из Сингапура, но ты тогда был ещё маленький. И ты, наверно, забыл. Но ничего, ложись-ка спать, завтра ты с ним увидишься!

Тут тётя Мила взяла меня за руку и повела с террасы в дом, и мы прошли через маленькую комнатку в другую, такую же. Там в углу приткнулась узенькая тахтушка. А около окна стояла большая цветастая ширма.

— Вот здесь и ложись! — сказала тётя Мила. — Раздевайся! А корзинку с твоими пистолетами я поставлю у тебя в ногах.

Я сказал:

— А папа где будет спать?

Она сказала:

— Скорее всего на террасе. Ты знаешь, как твой папа любит свежий воздух. А что? Ты будешь бояться?

Я сказал:

— И нисколько.

Разделся и лёг.

Тётя Мила сказала:

— Спи спокойно, мы тут, рядом.

И ушла.

А я улёгся на тахтушке и укрылся большим клетчатым платком. Я лежал и слышал, как они там тихо разговаривают на террасе и смеются, и я хотел спать, но всё время думал про своего капитана дальнего плавания.

Интересно, какая у него борода? Неужели растёт прямо из шеи, как я видел на картинке? А трубка какая? Кривая или прямая? А кортик — именной или простой? Капитанов дальнего плавания часто награждают именными кортиками за проявленную смелость. Конечно, ведь они там во время своих рейсов каждый день наскакивают на айсберги, или встречают огромных китов и белых медведей, или спасают людей с терпящих бедствие кораблей. Ясно, что тут надо проявлять смелость, иначе сам пропадёшь со всеми матросами вместе и корабль погубишь. А если такой корабль, как атомный ледокол «Ленин», погубить, жалко небось, да? А вообще-то говоря, капитаны дальнего плавания не обязательно ездят только на Север, есть такие, которые в Африке бывают, и у них на корабле живут обезьянки и мангусты, которые уничтожают змей, я про это читал в книжке. Вот мой капитан дальнего плавания — он в позапрошлом году приехал из Сингапура. Удивительное слово какое: «Син-га-пур»... Я обязательно попрошу своего дядю рассказать мне про

Сингапур: какие там люди, какие там дети, какие лодки и паруса... Обязательно попрошу рассказать. И я так долго думал и незаметно уснул...

А в середине ночи я проснулся от страшного рычания. Это, наверно, какая-то собака забралась в комнату, учуяла, что я здесь сплю, и это ей не понравилось. Она рычала страшным образом, откуда-то из-под ширмы, и мне казалось, что я в темноте вижу её наморщенный нос и оскаленные белые зубы. Я хотел позвать папу, но вспомнил, что он спит далеко, на террасе, и я подумал, что я никогда ещё не боялся собак, так что и теперь тоже нечего трусить. Всё-таки мне уже скоро восемь.

Я крикнул:

– Тубо! Спать!

И собака сразу заплямкала губами, как будто поперхнулась, и замолчала.

Я лежал в темноте с открытыми глазами. В окошко ничего не было видно, только чуть виднелась одна ветка. Она была похожа на верблюда, как будто он стоит на задних лапах и служит. Я поставил одеяло козырьком перед глазами, чтобы не видеть верблюда, и стал повторять

таблицу умножения на семь, от этого я всегда быстро засыпаю. И верно: не успел я дойти до семью семь — сорок семь, как у меня в голове всё закачалось, и я почти уснул, но в это время в углу за ширмой собака, которая, наверно, тоже не спала, опять зарычала. Да как! В сто раз страшнее, чем в первый раз. У меня даже внутри что-то ёкнуло. Но я всё-таки закричал на неё:

— Тубо! Лежать! Спать сейчас же!..

Она опять чуточку притихла. А я вспомнил, что моя дорожная корзинка стоит у меня в ногах и что там, кроме моих вещей, лежит ещё пакет с едой, который мама положила мне на дорогу. И я подумал, что если эту собаку немножко прикормить, то она, может быть, подобреет и перестанет на меня рычать. И я сел, стал рыться в корзинке, и хотя в темноте трудно было разобраться, но я всё-таки вытащил оттуда котлету и два

яйца – мне как раз не было их жалко, потому что они были сварены всмятку. И как только собака опять зарычала, я кинул ей за ширму одно за другим оба яйца:

– Тубо! Есть! И сразу спать!..

Она сначала помолчала, а потом зарычала так свирепо, что я понял: она тоже не любит яйца всмятку. Тогда я метнул в неё котлету. Было слышно, как котлета шлёпнулась об неё, собака гамкнула и перестала рычать.

Я сказал:

– Ну вот. А теперь – спать! Сейчас же!

Собака уже не рычала, а только сопела. Я укрылся поплотнее и уснул...

Утром я вскочил от яркого солнца и побежал в одних трусиках на террасу. Папа, Алексей Михайлович и тётя Мила сидели за столом. На столе была белая скатерть

и полная тарелка красной редиски, и это было очень красиво, и все были такие умытые, свежие, что мне сразу стало весело, и я побежал во двор умываться. Умывальник висел с другой стороны дома, где не было солнца, там было холодно, и кора у дерева была прохладная, и из умывальника лилась студёная вода, она была голубого цвета, и я там долго плескался, и совсем озяб, и побежал завтракать. Я сел за стол и стал хрустеть редиской, и заедать её чёрным хлебом, и солить, и славно мне было – так и хрустел бы целый день. Но потом я вдруг вспомнил самое главное!

Я сказал:

– А где же капитан дальнего плавания?! Неужели вы меня обманули?

Тётя Мила рассмеялась, а Алексей Михайлович сказал:

– Эх ты! Всю ночь проспал с ним рядом и не заметил... Ну ладно, сейчас я его приведу, а то он проспит весь день. Устал с дороги.

Но в это время на террасу вышел высоченный человек с красным лицом и зелёными глазами. Он был в пижаме. Никакой бороды на нём не было. Он подошёл к столу и сказал ужасным басом:

– Доброе утро! А это кто? Неужели Денис?

У него было столько голоса, что я даже удивился, где он у него помещается.

Папа сказал:

– Да, эти сто грамм веснушек – вот это и есть Денис, только и всего. Познакомьтесь. Денис, вот твой долгожданный капитан!

Я сразу встал. Капитан сказал:

— Здорóво!

И протянул мне руку. Я пожал её. Она была твёрдая, как доска. Капитан был очень симпатичный. Но уж очень страшный был у него голос. И потом, где же кортик? Пижама какая-то. Ну а трубка где? Всё равно уж — прямая или кривая, ну хоть какая-нибудь! Не было никакой... Я сел за стол.

— Как спал, Харитоша? — спросила тётя Мила.

— Плохо! — сказал капитан. — Не знаю, в чём дело. Всю ночь на меня кто-то кричал. Только, понимаете ли, начну засыпать, как кто-то кричит: «Спать! Спать сейчас же!» А я от этого только просыпаюсь! Потом усталость берёт своё, всё-таки пять дней в пути, глаза слипаются, я опять начинаю дремать, проваливаюсь, понимаете ли, в сон, опять крик: «Спать! Лежать!» А в завершение всей этой чертовщины на меня стали падать откуда-то разные продукты — яйца, что ли... По-моему, я во сне слышал запах котлет. И ещё всё мне сквозь сон слышались какие-то непонятные слова: не то «куш!», не то «апорт!»...

— «Тубо!» — сказал я. — «Тубо», а не «апорт!». Потому что я думал — там собака... Кто-то так рычал!

Капитан сказал своим басом:

— Я не рычал. Я, наверно, храпел?..

Это было ужасно. Я понял, что он никогда не подружится со мной. Я встал и вытянул руки по швам. Я сказал:

— Товарищ капитан! Было очень похоже на рычание. И я, наверно, немножко испугался.

Капитан сказал:

— Вольно. Садись.

Я сел за стол и почувствовал, что у меня в глазах как будто песку насыпало, колет, и я не могу смотреть на капитана. Мы все долго молчали.

Потом он сказал:

— Имей в виду, я совершенно не сержусь.

Но я всё-таки не мог на него посмотреть.

Тогда он сказал:

— Клянусь своим именным кортиком.

Он сказал это таким весёлым голосом, что у меня сразу словно камень упал с души.

Я подошёл к капитану и сказал:

— Дядя, расскажите мне про Сингапур.

Синий кинжал

Это дело было так. У нас был урок – труд. Раиса Ивановна сказала, чтоб мы сделали каждый по отрывному календарю, кто как сообразит. Я взял картонку, склеил её зелёной бумагой, посредине прорезал щёлку, к ней прикрепил спичечную коробку, а на коробку положил стопочку белых листиков, подогнал, подклеил, подровнял и на первом листике написал: «С Первым маем!»

Получился очень красивый календарь для маленьких детей. Если, например, у кого куклы, то для этих кукол. В общем, игрушечный. И Раиса Ивановна поставила мне пять.

Она сказала:

– Мне нравится.

И я пошёл к себе и сел на место. И в это время Лёвка Бурин тоже стал сдавать свой календарь, а Раиса Ивановна посмотрела на его работу и говорит:

– Наляпано.

И поставила Лёвке тройку.

А когда наступила перемена, Лёвка остался сидеть на скамейке. У него был довольно-таки невесёлый вид. А я в это время как раз промокал кляксу, и когда увидел, что Лёвка такой грустный, я прямо с промокашкой в руке пошёл к Лёвке. Я хотел его развеселить, потому что мы с ним дружим и он один раз подарил мне монетку с дыркой. И ещё обещал принести мне стреляную охотничью гильзу, чтобы я из неё сделал атомный телескоп.

Я подошёл к Лёвке и сказал:

– Эх ты, Ляпа!

И состроил ему косые глаза.

И тут Лёвка ни с того ни с сего как даст мне пеналом по затылку! Вот когда я понял, как искры из глаз летят. Я страшно разозлился на Лёвку и треснул его изо всех сил промокашкой по шее. Но он, конечно, даже не почувствовал, а схватил свой портфель и пошёл домой. А у меня даже слёзы капали из глаз — так здорово поддал мне Лёвка, — капали прямо на промокашку и расплывались по ней, как бесцветные кляксы...

И тогда я решил Лёвку убить. После школы я целый день сидел дома и готовил оружие. Я взял у папы с письменного стола его синий разрезальный нож из пластмассы и целый день точил его о плиту. Я его упорно точил, терпеливо. Он очень медленно затачивался, но я всё точил и всё думал, как я приду завтра в класс и мой верный синий кинжал блеснёт перед Лёвкой, я занесу его над Лёвкиной головой, а Лёвка упадёт на колени и будет умолять меня даровать ему жизнь, и я скажу:

«Извинись!»

И он скажет:

«Извини!»

А я засмеюсь громовым смехом, вот так:

«Ха-ха-ха-ха!»

И эхо долго будет повторять в ущельях этот зловещий хохот. А девчонки от страха залезут под парты.

И когда я лёг спать, то всё ворочался с боку на бок и вздыхал, потому что мне было жалко Лёвку — хороший он человек, но теперь пусть несёт заслуженную кару, раз он стукнул меня пеналом по голове. И синий кинжал лежал у меня под подушкой, и я сжимал его рукоятку и чуть не стонал, так что мама спросила:

— Ты что там кряхтишь?

Я сказал:

— Ничего.

Мама сказала:

— Живот, что ли, болит?

Но я ничего ей не ответил, просто я взял и отвернулся к стенке и стал дышать, как будто я давно уже сплю.

Утром я ничего не мог есть. Только выпил две чашки чаю с хлебом и маслом, с картошкой и сосиской. Потом пошёл в школу. Синий кинжал я положил в портфель с самого верху, чтобы удобно было достать.

И перед тем как войти в класс, я долго стоял у двери и не мог войти, так сильно билось сердце. Но всё-таки я себя переборол, толкнул дверь и вошёл. В классе всё было как всегда, и Лёвка стоял у окна с Валериком. Я, как его увидел, сразу стал расстёгивать портфель, чтобы достать кинжал. Но Лёвка в это время побежал ко мне. Я подумал, что он опять стукнет меня пеналом или чем-нибудь ещё, и стал ещё быстрее расстёгивать портфель, но Лёвка вдруг остановился около меня и как-то затоптался на месте, а потом вдруг наклонился ко мне близко-близко и сказал:

– На!

И он протянул мне золотую стреляную гильзу. И глаза у него стали такие, как будто он ещё что-то хотел сказать, но стеснялся. А мне вовсе и не нужно было, чтобы он говорил, просто я вдруг совершенно забыл, что хотел его убить, как будто и не собирался никогда, даже удивительно.

Я сказал:

– Хорошая какая гильза.

Взял её. И пошёл на своё место.

Кот в сапогах

— Мальчики и девочки! — сказала Раиса Ивановна. — Вы хорошо закончили эту четверть. Поздравляю вас. Теперь можно и отдохнуть. На каникулах мы устроим утренник и карнавал. Каждый из вас может нарядиться в кого угодно, а за лучший костюм будет выдана премия, так что готовьтесь. — И Раиса Ивановна собрала тетрадки, попрощалась с нами и ушла.

И когда мы шли домой, Мишка сказал:

— Я на карнавале буду гномом. Мне вчера купили накидку от дождя и капюшон. Я только лицо чем-нибудь занавешу, и гном готов. А ты кем нарядишься?

Я сказал:

— Там видно будет.

И забыл про это дело. Потому что дома мама мне сказала, что она уезжает в санаторий на десять дней и чтоб я тут вёл себя хорошо и следил за папой. И она на другой день уехала, а я с папой совсем замучился. То одно, то другое, и на улице шёл снег, и всё время я думал, когда же мама вернётся. Я зачёркивал клеточки на своём календаре.

И вдруг неожиданно прибегает Мишка и прямо с порога кричит:

— Идёшь ты или нет?

Я спрашиваю:

— Куда?

Мишка кричит:

— Как — куда? В школу! Сегодня же утренник, и все будут в костюмах! Ты что, не видишь, что я уже гномик?

И правда, он был в накидке с капюшончиком.

Я сказал:

— У меня нет костюма! У нас мама уехала.

А Мишка говорит:

— Давай сами чего-нибудь придумаем! Ну-ка, что у вас дома есть почудней? Ты надень на себя, вот и будет костюм для карнавала.

Я говорю:

— Ничего у нас нет. Вот только папины бахилы для рыбалки.

Бахилы — это такие высокие резиновые сапоги. Если дождик или грязь — первое дело бахилы. Нипочём ноги не промочишь.

Мишка говорит:

— А ну надевай, посмотрим, что получится!

Я прямо с ботинками влез в папины сапоги. Оказалось, что бахилы доходят мне чуть не до подмышек. Я попробовал в них походить. Ничего, довольно удобно. Зато здорово блестят. Мишке очень понравилось. Он говорит:

— А шапку какую?

Я говорю:

— Может быть, мамину соломенную, что от солнца?

Мишка говорит:

— Давай её скорей!

Достал я шапку, надел. Оказалось, немножко великовато, съезжает до носа, но всё-таки на ней цветы.

Мишка посмотрел и говорит:

— Хороший костюм. Только я не понимаю, что он значит?

Я говорю:

– Может быть, он значит «Мухомор»?

Мишка засмеялся:

– Что ты, у мухомора шляпка вся красная! Скорей всего твой костюм обозначает «Старый рыбак»!

Я замахал на Мишку:

– Сказал тоже! «Старый рыбак»!.. А борода где?

Тут Мишка задумался, а я вышел в коридор, а там стояла наша соседка Вера Сергеевна. Она, когда меня увидела, всплеснула руками и говорит:

– Ох! Настоящий кот в сапогах!

Я сразу догадался, что значит мой костюм! Я – «Кот в сапогах». Только жалко, хвоста нет! И спрашиваю:

– Вера Сергеевна, у вас есть хвост?

Вера Сергеевна говорит:

– Разве я очень похожа на чёрта?

– Нет, не очень, – говорю я. – Но не в этом дело. Вот вы сказали, что этот костюм значит «Кот в сапогах», а какой же кот может быть без хвоста? Нужен какой-нибудь хвост! Вера Сергеевна, поделитесь, а?

Тогда Вера Сергеевна сказала:

– Одну минуточку... – и вынесла мне довольно драненький рыжий хвостик с чёрными пятнами.

– Вот, – говорит, – этот хвост от старой горжетки. Я в последнее время прочищаю им керогаз, но, думаю, тебе он вполне подойдёт.

Я сказал большое спасибо и понёс хвост Мишке.

Мишка, как увидел его, говорит:

– Давай быстренько иголку с ниткой, я тебе пришью. Это чудный хвостик.

И Мишка стал пришивать мне сзади хвост. Он шил довольно ловко, но потом вдруг ка-ак уколет меня!

Я закричал:

– Потише ты, храбрый портняжка! Ты что, не чувствуешь, что шьёшь прямо по живому? Ведь колешь же!

Мишка сказал:

– Это я немножко не рассчитал! – Да опять как кольнёт!

— Мишка, рассчитывай получше, а то я тебя тресну!

А он:

— Я в первый раз в жизни шью!

И опять — коль!..

Я прямо заорал:

— Ты что, не понимаешь, что я после тебя буду полный инвалид и не смогу сидеть?

Но тут Мишка сказал:

— Ура! Готово! Ну и хвостик! Не у каждой кошки есть такой!

Тогда я взял тушь и кисточкой нарисовал себе усы, по три уса с каждой стороны — длинные-длинные, до ушей!

И мы пошли в школу.

Там народу было видимо-невидимо, и все в костюмах. Одних гномов было человек пятьдесят.

И ещё было очень много белых «снежинок». Это такой костюм, когда вокруг много белой марли, а в середине торчит какая-нибудь девочка.

И мы все очень веселились и танцевали.

И я тоже танцевал, но всё время спотыкался и чуть не падал из-за больших сапог, и шляпа тоже, как назло, постоянно съезжала почти до подбородка.

А потом наша октябрятская вожатая Люся вышла на сцену и сказала звонким голосом:

— Просим «Кота в сапогах» выйти сюда для получения первой премии за лучший костюм!

И я пошёл на сцену, и когда входил на последнюю ступеньку, то споткнулся и чуть не упал. Все громко засмеялись, а Люся пожала мне руку и дала две книжки: «Дядю Стёпу» и «Сказки-загадки». Тут Борис Сергеевич заиграл туш, а я пошёл со сцены. И когда сходил, то опять споткнулся и чуть не упал, и опять все засмеялись.

А когда мы шли домой, Мишка сказал:

— Конечно, гномов много, а ты один!

— Да, — сказал я, — но все гномы были так себе, а ты был очень смешной, и тебе тоже надо книжку. Возьми у меня одну.

Мишка сказал:

– Не надо, что ты!

Я спросил:

– Ты какую хочешь?

Он сказал:

– «Дядю Стёпу».

И я дал ему «Дядю Стёпу».

А дома я скинул свои огромные бахилы, и побежал к календарю, и зачеркнул сегодняшнюю клеточку. А потом зачеркнул уж и завтрашнюю.

Посмотрел, а до маминого приезда осталось всего три дня.

«Где это видано, где это слыхано...»

На переменке подбежала ко мне наша октябрятская вожатая Люся и говорит:

— Дениска, а ты сможешь выступить в концерте? Мы решили организовать двух малышей, чтобы они были сатирики. Хочешь?

Я говорю:

— Я всё хочу! Только ты объясни: что такое сатирики?

Люся говорит:

— Видишь ли, у нас есть разные неполадки... Ну, например, двоечники или лентяи, их надо прохватить. Понял? Надо про них выступить, чтобы все смеялись, это на них подействует отрезвляюще.

Я говорю:

— Они не пьяные, они просто лентяи.

— Это так говорится: «отрезвляюще», — засмеялась Люся. — А на самом деле просто эти ребята призадумаются, им станет неловко, и они исправятся. Понял? Ну, в общем, не тяни: хочешь — соглашайся, не хочешь — отказывайся!

Я сказал:

— Ладно уж, давай!

Тогда Люся спросила:

— А у тебя есть партнёр?

— Нету.

Люся удивилась:

— Как же ты без товарища живёшь?

— Товарищ у меня есть. Мишка. А партнёра нету.

Люся снова улыбнулась:

— Это почти одно и то же. А он музыкальный, Мишка твой?

Я говорю:

— Нет, обыкновенный.

— Петь умеет?

— Очень тихо. Но я научу его петь погромче, не беспокойся.

Тут Люся обрадовалась:

— После уроков притащи его в малый зал, там будет репетиция!

И я со всех ног пустился искать Мишку. Он стоял в буфете и ел сардельку.

Я сказал:

— Мишка, хочешь быть сатириком?

А он сказал:

— Погоди, дай доесть.

Я стоял и смотрел, как он ест. Сам маленький, а сарделька толще его шеи. Он держал эту сардельку руками и ел прямо целой, не разрезал, и шкурка трещала и лопалась, когда он её кусал, и оттуда брызгал горячий пахучий сок. Я не выдержал и сказал тёте Кате:

— Дайте мне, пожалуйста, тоже сардельку, поскорее!

И тётя Катя сразу протянула мне мисочку. И я очень торопился, чтобы Мишка без меня не успел съесть свою сардельку, мне одному не было бы так вкусно. И вот я тоже взял свою сардельку руками и тоже не чистя стал грызть её, и из неё брызгал горячий пахучий сок. И мы с Мишкой так грызли на пару, и обжигались, и смотрели друг на дружку, и улыбались.

А потом я ему рассказал, что мы будем сатирики, и он согласился, и мы еле досидели до конца уроков, а потом побежали в малый зал на репетицию.

Там уже сидела наша октябрятская вожатая Люся, и с ней был один парнишка, приблизительно из четвёртого, очень некрасивый, с маленькими ушками и большущими глазами.

Люся сказала:

— Вот и они! Познакомьтесь, это наш школьный поэт Андрей Шестаков.

Мы сказали:

— Здорово!

И отвернулись, чтобы он не задавался.

А поэт сказал Люсе:

— Это что, исполнители, что ли?

— Да.

Он сказал:

— Неужели ничего не было покрупней?

Люся сказала:

— Как раз то, что требуется!

Но тут пришёл наш учитель пения Борис Сергеевич. Он сразу подошёл к роялю:

— Нуте-с, начинаем! Где стихи?

Андрюшка вынул из кармана какой-то листок и сказал:

— Вот. Я взял размер и припев у Маршака, из сказки об ослике, дедушке и внуке. «Где это видано, где это слыхано...»

Борис Сергеевич кивнул головой:

— Читай вслух!

Андрюшка стал читать:

— Папа у Васи силён в математике,
Учится папа за Васю весь год.
Где это видано, где это слыхано, —
Папа решает, а Вася сдаёт?!

Мы с Мишкой так и прыснули. Конечно, ребята довольно часто просят родителей решить за них задачку, а потом показывают учительнице, как будто это они такие герои. А у доски ни бум-бум – двойка! Дело известное. Ай да Андрюшка, здорово прохватил!

А Андрюшка читает дальше, так тихо и серьёзно:

– Мелом расчерчен асфальт на квадратики.
Манечка с Танечкой прыгают тут.
Где это видано, где это слыхано, –
В «классы» играют, а в класс не идут?!

Опять здорово. Нам очень понравилось! Этот Андрюшка – просто настоящий молодец, вроде Пушкина.

Борис Сергеевич послушал и сказал:

– Ничего, неплохо! А музыка будет самая простая, вот что-нибудь в этом роде. – И он взял Андрюшкины стихи и, тихонько наигрывая, пропел их все подряд.

Получилось очень ловко, мы даже захлопали в ладоши.

А Борис Сергеевич сказал:

– Нуте-с, кто же наши исполнители?

А Люся показала на нас с Мишкой:

– Вот!

– Ну что ж, – сказал Борис Сергеевич, – у Миши довольно хороший слух... Правда, Дениска поёт не очень-то верно.

Я сказал:

– Зато громко.

И мы начали повторять эти стихи под музыку и повторили их, наверно, раз пятьдесят или тысячу, и я очень громко орал, и все меня успокаивали и делали замечания:

– Ты не волнуйся! Ты тише! Спокойней! Не надо так громко!..

Особенно горячился Андрюшка. Он меня совсем затормошил. Но я пел только громко, я не хотел петь потише, потому что настоящее пение – это именно когда громко!

...И вот однажды, когда я пришёл в школу, я увидел в раздевалке объявление:

ВНИМАНИЕ!

Сегодня
на большой перемене
в малом зале
состоится выступление
летучего патруля
«Пионерского Сатирикона»!
Исполняет дуэт малышей!
На злобу дня!
Приходите все!

И во мне сразу что-то ёкнуло. Я побежал в класс. Там сидел Мишка и смотрел в окно. Я сказал:

– Ну, сегодня выступаем!

А Мишка вдруг промямлил:

– Неохота мне выступать...

Я прямо оторопел. Как неохота? Вот так раз! Ведь мы же репетировали? А как же Люся и Борис Сергеевич? Андрюшка? А все ребята, ведь они читали афишу и прибегут как один?

Я сказал:

– Ты что, с ума сошёл, что ли? Людей подводить?

А Мишка так жалобно:

– У меня, кажется, живот болит.

Я говорю:

– Это от страху. У меня тоже болит, но я ведь не отказываюсь!

Но Мишка всё равно был какой-то задумчивый. На большой перемене все ребята кинулись в малый зал, а мы с Мишкой еле плелись позади, потому что у меня тоже совершенно пропало настроение выступать. Но в это время нам навстречу прибежала Люся, она крепко схватила нас за руки и поволокла за собой, но у меня ноги были мягкие, как у куклы, и заплетались. Это я, наверно, от Мишки заразился.

В зале было огорожено место около рояля, а вокруг столпились ребята из всех классов, и няни, и учительницы.

Мы с Мишкой встали около рояля.

Борис Сергеевич был уже на месте, и Люся объявила дикторским голосом:

— Начинаем выступление «Пионерского Сатирикона» на злободневные темы. Текст Андрея Шестакова, исполняют всемирно известные сатирики Миша и Денис! Попросим!

И мы с Мишкой вышли немножко вперёд. Миша был белый, как стена. А я ничего, только во рту было сухо и шершаво, как будто там лежал наждак.

Борис Сергеевич заиграл. Начинать нужно было Мишке, потому что он пел первые две строчки, а я должен был петь вторые две строчки. Вот Борис Сергеевич заиграл, а Мишка выкинул в сторону левую руку, как его научила Люся, и хотел было запеть, но опоздал, и, пока он собирался, наступила уже моя очередь, так выходило по музыке. Но я не стал петь, раз Мишка опоздал. С какой стати!

Мишка тогда опустил руку на место. А Борис Сергеевич громко и раздельно начал снова.

Он ударил, как и следовало, по клавишам три раза, а на четвёртый Мишка опять откинул левую руку и наконец запел:

— Папа у Васи силён в математике,
Учится папа за Васю весь год.

Я сразу подхватил и прокричал:

– Где это видано, где это слыхано, –
Папа решает, а Вася сдаёт?!

Все, кто был в зале, засмеялись, и у меня от этого стало легче на душе. А Борис Сергеевич поехал дальше. Он снова три раза ударил по клавишам, а на четвёртый Мишка аккуратно выкинул левую руку в сторону и ни с того ни с сего запел сначала:

– Папа у Васи силён в математике,
Учится папа за Васю весь год.

Я сразу понял, что он сбился! Но раз такое дело, я решил допеть до конца, а там видно будет. Взял и допел:

– Где это видано, где это слыхано, –
Папа решает, а Вася сдаёт?!

Слава богу, в зале было тихо – все, видно, тоже поняли, что Мишка сбился, и подумали: «Ну что ж, бывает, пусть дальше поёт».

А музыка в это время бежала всё дальше и дальше. Но Мишка был какой-то зеленоватый.

И когда музыка дошла до места, он снова вымахнул левую руку и, как пластинка, которую «заело», завёл в третий раз:

– Папа у Васи силён в математике,
Учится папа за Васю весь год.

Мне ужасно захотелось стукнуть его по затылку чем-нибудь тяжёлым, и я заорал со страшной злостью:

– Где это видано, где это слыхано, –
Папа решает, а Вася сдаёт?!

Мишка, ты, видно, совсем рехнулся! Ты что в третий раз одно и то же затягиваешь? Давай про девчонок!

А Мишка так нахально:

– Без тебя знаю! – И вежливо говорит Борису Сергеевичу: – Пожалуйста, Борис Сергеевич, дальше!

Борис Сергеевич заиграл, а Мишка вдруг осмелел, опять выставил свою левую руку и на четвёртом ударе заголосил как ни в чём не бывало:

– Папа у Васи силён в математике,
Учится папа за Васю весь год.

Тут все в зале прямо завизжали от смеха, и я увидел в толпе, какое несчастное лицо у Андрюшки, и ещё увидел, что Люся, вся красная и растрёпанная, пробивается к нам сквозь толпу. А Мишка стоит с открытым ртом, как будто сам на себя удивляется. Ну а я, пока суд да дело, докрикиваю:

– Где это видано, где это слыхано, –
Папа решает, а Вася сдаёт?!

Тут уж началось что-то ужасное. Все хохотали как зарезанные, а Мишка из зелёного стал фиолетовым. Наша Люся схватила его за руку и утащила к себе. Она кричала:

– Дениска, пой один! Не подводи!.. Музыка! И!..

А я стоял у рояля и решил не подвести. Я почувствовал, что мне стало всё всё равно, и, когда дошла музыка, я почему-то вдруг тоже выкинул в сторону левую руку и совершенно неожиданно завопил:

– Папа у Васи силён в математике,
Учится папа за Васю весь год.

Я даже плохо помню, что было дальше. Было похоже на землетрясение. И я думал, что вот сейчас провалюсь совсем под землю, а вокруг все просто падали от смеха – и няни, и учителя, все, все...

Я даже удивляюсь, что я не умер от этой проклятой песни. Я, наверно бы, умер, если бы в это время не зазвонил звонок...

Не буду я больше сатириком!

Одна капля убивает лошадь

Когда папа заболел, пришёл доктор и сказал:

– Ничего особенного, маленькая простуда. Но я вам советую бросить курить, у вас в сердце лёгкий шумок.

И когда он ушёл, мама сказала:

– Как это всё-таки некультурно доводить себя до болезней этими проклятыми папиросами. Ты ещё такой молодой, а вот уже в сердце у тебя шумы и хрипы.

– Ну, – сказал папа, – ты преувеличиваешь! У меня нет никаких особенных шумов, а тем более хрипов. Есть всего-навсего один маленький шумишко. Это не в счёт.

– Нет, в счёт, – воскликнула мама, – тебе, конечно, нужен не шумишко, тебя бы больше устроили скрип, лязг и скрежет, я тебя знаю!

– Во всяком случае, мне не нужен звук пилы, – перебил её папа.

– Я тебя не пилю, – мама даже покраснела, – но пойми ты, это действительно вредно. Ведь ты же знаешь, что одна капля папиросного яда убивает здоровую лошадь!

Вот так раз! Я посмотрел на папу. Он был большой, спору нет, но всё-таки поменьше лошади. Он был побольше меня или мамы, но, как ни верти, он был поменьше лошади и даже самой захудалой коровы. Корова бы никогда не поместилась на нашем диване, а папа помещался свободно. Я очень испугался. Я никак не хотел, чтобы его убивала такая капля яда. Не хотел я этого никак и ни за что. От этих мыслей я долго не мог заснуть, так долго, что не заметил, как всё-таки заснул.

А в субботу папа выздоровел, и к нам пришли гости. Пришёл дядя Юра с тётей Катей, Борис Михайлович и тётя Тамара. Все пришли и стали вести себя очень прилично, а тётя Тамара как только вошла, так вся завертелась, и затрещала, и уселась пить чай рядом с папой. За столом она стала окружать папу заботой и вниманием, спрашивала, удобно ли ему сидеть, не дует ли из окна, и в конце концов до того наокружалась и назаботилась, что всыпала ему в чай три ложки сахару. Папа размешал сахар, хлебнул и сморщился.

— Я уже один раз насладила этот стакан, — сказала мама, и глаза у неё стали зелёные, как крыжовник.

А тётя Тамара расхохоталась во всё горло. Она хохотала, как будто кто-то под столом кусал её за пятки. А папа отодвинул переслащённый чай в сторону. Тогда тётя Тамара вынула из сумочки тоненький портсигарчик и подарила его папе.

— Это вам в утешение за испорченный чай, — сказала она. — Каждый раз, закуривая папироску, вы будете вспоминать эту смешную историю и её виновницу.

Я ужасно разозлился на неё за это. Зачем она напоминает папе про курение, раз он за время болезни уже почти совсем отвык? Ведь одна капля курильного яда убивает лошадь, а она напоминает. Я сказал:

«Вы дура, тётя Тамара! Чтоб вы лопнули! И вообще, вон из моего дома. Чтобы ноги вашей толстой больше здесь не было».

Я сказал это про себя, в мыслях, так, что никто ничего не понял.

А папа взял портсигарчик и повертел его в руках.

— Спасибо, Тамара Сергеевна, — сказал папа, — я очень тронут. Но сюда не войдёт ни одна моя папироска, портсигар такой маленький, а я курю «Казбек». Впрочем... — Тут папа взглянул на меня. — Ну-ка, Денис, — сказал он, — вместо того чтобы выдувать третий стакан чаю на ночь, пойди-ка к письменному столу, возьми там коробку «Казбека» и укороти папироски, обрежь так, чтобы они влезли в портсигар. Ножницы в среднем ящике!

Я пошёл к столу, нашёл папиросы и ножницы, примерил портсигар и сделал всё, как он велел. А потом отнёс полный портсигарчик папе. Папа открыл портсигарчик, посмотрел на мою работу, потом на меня и весело рассмеялся:

— Полюбуйтесь-ка, что сделал мой сообразительный сын.

Тут все гости стали наперебой выхватывать друг у друга портсигарчик и оглушительно хохотать. Особенно старалась, конечно, тётя Тамара. Она не смеялась, а всхрюкивала и всхрапывала, и изо рта у неё сначала вытекал чай, а потом оттуда выпало полпирожного, две конфеты и передний зуб. Но тётя Тамара ловко подхватила его и вставила обратно, как будто так и было. После этого она перестала смеяться, а согнула руку и костяшками пальцев постучала по моей голове.

— Как же это ты догадался оставить целыми картонные мундштуки, а почти весь табак отрезать? Ведь курят-то именно табак, а ты его отрезал! Да что у тебя в голове — песок или опилки?

Я сказал:

«Это у тебя в голове опилки, Тамарище Семипудовое».

Сказал, конечно, в мыслях, про себя. А то бы меня мама заругала. Она и так смотрела на меня что-то уж чересчур пристально.

— Ну-ка, иди сюда, — мама взяла меня за подбородок, — посмотри-ка мне в глаза!

Я стал смотреть в мамины глаза и почувствовал, что у меня щёки стали красные, как флаги.

— Ты это сделал нарочно? — спросила мама.

Я не мог её обмануть.

– Да, – сказал я, – я это сделал нарочно.

– Тогда выйди из комнаты, – сказал папа, – а то у меня руки чешутся.

Видно, папа ничего не понял. Но я не стал ему объяснять и вышел из комнаты.

Шутка ли – одна капля убивает лошадь!

Сверху вниз, наискосок!

В то лето, когда я ещё не ходил в школу, у нас во дворе был ремонт. Повсюду валялись кирпичи и доски, а посреди двора высилась огромная куча песку. И мы играли на этом песке в «разгром фашистов под Москвой», или делали куличики, или просто так играли ни во что.

Нам было очень весело; и мы подружились с рабочими и даже помогали им ремонтировать дом: один раз я принёс слесарю дяде Грише полный чайник кипятку, а второй раз Алёнка показала монтёрам, где у нас чёрный ход. И мы ещё много помогали, только сейчас я уже не помню всего.

А потом как-то незаметно ремонт стал заканчиваться, рабочие начали уходить один за другим, дядя Гриша попрощался с нами за руку, подарил мне тяжёлую железку и тоже ушёл.

И вместо дяди Гриши во двор пришли три девушки. Они все были очень красиво одеты: носили мужские длинные штаны, измазанные разными красками, и совершенно твёрдые. Когда эти девушки ходили, штаны на них гремели, как железо на крыше. А на головах девушки носили шапки из газет. Эти девушки были маляры и назывались: бригада. Они были очень весёлые и ловкие: любили смеяться и всегда пели песню «Ландыши, ландыши». Но я эту песню не люблю. И Алёнка. И Мишка тоже не любит. Зато мы все любили смотреть, как работают девушки-маляры и как у них всё получается складно и аккуратно. Мы знали по именам всю бригаду.

Их звали Санька, Раечка и Нелли.

И однажды мы к ним подошли, и тётя Саня сказала:

— Ребятки, сбегайте кто-нибудь и узнайте, который час.

Я сбегал, узнал и сказал:
— Без пяти двенадцать, тётя Санька...

Она сказала:
— Шабаш, девчата! Я в столовую! — и пошла со двора.

И тётя Раечка, и тётя Нелли пошли за ней обедать.

А бочонок с краской оставили.

И резиновый шланг тоже. Мы сразу подошли ближе и стали смотреть на тот кусочек дома, где они только сейчас красили.

Было очень здорово, ровно и коричнево, с небольшой краснотой. Мишка смотрел-смотрел, потом говорит:

— Интересно, а если я покачаю этот насос, краска пойдёт?

Алёнка говорит:

— Спорим, не пойдёт?

Тогда я говорю:

— А вот спорим, пойдёт!

Тут Мишка говорит:

— Не надо спорить. Сейчас я попробую. Держи, Дениска, шланг, а я покачаю.

И давай качать. Раза два-три качнул, и вдруг из шланга побежала краска! Она шипела, как змея, потому что на конце у шланга была нахлобучка с дырочками, как у лейки. Только дырки были совсем маленькие, и краска шла, как одеколон в парикмахерской, чуть-чуть видно.

Мишка обрадовался и как закричит:

— Крась скорей! Скорей крась что-нибудь!

Я сразу взял и направил шланг на чистую стенку, краска стала брызгаться, и там сейчас же получилось светло-коричневое пятно, похожее на паука.

— Ура! — закричала Алёнка. — Пошло! Пошло-поехало! — И подставила ногу под краску.

Я сразу покрасил ей ногу от колена до пальцев.

Тут же, прямо у нас на глазах, на ноге не стало видно ни синяков, ни царапин! Наоборот, Алёнкина нога стала гладкая, коричневая, с блеском, как новенькая кегля.

Мишка кричит:

— Здорово получается! Подставляй вторую, скорей!

И Алёнка живенько подставила вторую ногу, а я моментально покрасил её сверху донизу, два раза.

Тогда Мишка говорит:

— Люди добрые, как красиво! Ноги совсем как у настоящего индейца! Крась же её скорей!

Я спрашиваю:

— Всю? Всю красить? С головы до пят?

Тут Алёнка прямо завизжала от восторга:

— Давайте, люди добрые! Красьте с головы до пят! Я буду настоящая индейка.

Тогда Мишка приналёг на насос и стал качать во всю ивановскую, а я стал Алёнку поливать краской. Я замечательно её покрасил: и спину, и ноги, и руки, и плечи, и живот, и трусики, и стала она вся коричневая, только волосы белые торчат.

Я спрашиваю:

— Мишка, как думаешь, а волосы красить?

Мишка отвечает:

— Ну конечно! Крась скорей! Быстрей давай!

И Алёнка торопит:

— Давай, давай, и волосы давай! И уши!

Я быстро закончил её красить и говорю:

— Иди, Алёнка, на солнце пообсохни! Эх, что бы ещё покрасить?

А Мишка:

— Вон, видишь, наше бельё сушится? Скорей давай крась!

Ну с этим-то делом я быстро справился! Два полотенца и Мишкину рубашку я за какую-нибудь минуту так отделал, что любо-дорого смотреть было!

А Мишка прямо вошёл в азарт, качает насос как заводной. И только покрикивает:

— Крась давай! Скорей давай! Вон и дверь новая на парадном, давай, давай, быстрее крась!

И я перешёл на дверь. Сверху вниз! Снизу вверх! Сверху вниз, наискосок!

И тут дверь вдруг раскрылась, и из неё вышел наш управдом Алексей Акимыч в белом костюме.

Он прямо остолбенел. И я тоже. Мы оба были как заколдованные. Главное, я его поливаю и с испугу не могу даже догадаться отвести в сторону шланг, а только размахиваю сверху вниз, снизу вверх. А у него глаза расширились, и ему даже в голову не приходит отойти хоть на шаг вправо или влево...

А Мишка качает и знай себе ладит своё:

— Крась давай, быстрей давай!

И Алёнка сбоку вытанцовывает:

— Я индейка! Я индейка!

Ужас!

...Да, здорово нам тогда влетело. Мишка две недели бельё стирал. А Алёнку мыли в семи водах со скипидаром...

Алексею Акимычу купили новый костюм. А меня мама вовсе не хотела во двор пускать. Но я всё-таки вышел, и тётя Санька, Раечка и Нелли сказали:

– Вырастай, Денис, побыстрей, мы тебя к себе в бригаду возьмём. Будешь маляром!

И с тех пор я стараюсь расти побыстрей.

Зелёнчатые леопарды

Мы сидели с Мишкой и Алёнкой на песке около домоуправления и строили площадку для запуска космического корабля. Мы уже вырыли яму и уложили её кирпичом и стёклышками, а в центре оставили пустое место, чтобы здесь потом поставить самоё ракету. Я принёс ведро и положил в него аппаратуру.

Мишка сказал:

– Надо вырыть боковой ход – под ракету, чтоб, когда она будет взлетать, газ бы вышел по этому ходу.

И мы стали опять рыть и копать и довольно быстро устали, потому что там было много камней.

Алёнка сказала:

– Я устала! Перекур!

А Мишка сказал:

– Правильно.

И мы сели отдыхать.

В это время из второго парадного вышел Костик. Он был такой худой, прямо невозможно узнать. И бледный, нисколечко не загорел. Он подошёл к нам и говорит:

– Здорóво, ребята!

Мы все сказали:

– Здорóво, Костик!

Он тихонько сел рядом с нами.

Я сказал:

– Ты что, Костик, такой худущий? Вылитый Кощей...

Он сказал:

– Да это у меня корь была.

Алёнка подняла голову:

– А теперь ты выздоровел?

— Да, — сказал Костик, — я теперь совершенно выздоровел.

Мишка отодвинулся от Костика и сказал:

— Заразный небось?

А Костик улыбнулся:

— Нет, что ты, не бойся. Я не заразный. Вчера доктор сказал, что я уже могу общаться с детским коллективом.

Мишка придвинулся обратно, а я спросил:

— А когда болел, больно было?

— Нет, — ответил Костик, — не больно. Скучно очень. А так ничего. Мне картинки переводные дарили, я их всё время переводил, надоело до смерти.

Алёнка сказала:

— Да, болеть хорошо! Когда болеешь, всегда что-нибудь дарят.

Мишка сказал:

— Так ведь и когда здоровый, тоже дарят. В день рождения или когда ёлка.

Я сказал:

— Ещё дарят, когда в другой класс переходишь с пятёрками.

Мишка сказал:

— Мне не дарят. Одни тройки! А вот когда корь, всё равно ничего особенного не дарят, потому что потом все игрушки надо сжигать. Плохая болезнь корь, никуда не годится.

Костик спросил:

— А разве бывают хорошие болезни?

— Ого, — сказал я, — сколько хочешь! Ветрянка, например. Очень хорошая, интересная болезнь. Я когда болел, мне всё тело, каждую болявку отдельно зелёнкой мазали. Я был похож на леопарда. Что, плохо разве?

— Конечно, хорошо, — сказал Костик.

Алёнка посмотрела на меня и сказала:

— Когда лишаи, тоже очень красивая болезнь.

Но Мишка только засмеялся:

— Сказала тоже — «красивая»! Намажут два-три пятнышка, вот и вся красота. Нет, лишаи — это мелочь. Я лучше всего люблю грипп. Когда грипп, чаю дают с малиновым вареньем. Ешь сколько хочешь, просто не верится. Один раз я, больной, целую банку съел. Мама даже удивилась. «Смотрите, – говорит, – у мальчика грипп, температура тридцать восемь, а такой аппетит». А бабушка сказала: «Грипп разный бывает, это у него такая новая форма, дайте ему ещё, это у него организм требует». И мне дали ещё, но я больше не смог есть, такая жалость... Это грипп, наверно, на меня так плохо действовал.

Тут Мишка подпёрся кулаком и задумался, а я сказал:
– Грипп, конечно, хорошая болезнь, но с гландами не сравнить, куда там!
– А что? – сказал Костик.
– А то, – сказал я, – что когда гланды вырезают, мороженого дают потом, для заморозки. Это почище твоего варенья!

Алёнка сказала:

— А гланды от чего заводятся?

Я сказал:

— От насморка. Они в носу вырастают, как грибы, потому что сырость.

Мишка вздохнул и сказал:

— Насморк — болезнь ерундовая. Каплют чего-то в нос, ещё хуже течёт.

Я сказал:

— Зато керосин можно пить. Не слышно запаха.

— А зачем пить керосин?

Я сказал:

— Ну, не пить, так в рот набирать. Вот фокусник наберёт полный рот, а потом палку зажжённую возьмёт в руки и на неё как брызнет! Получается очень красивый огненный фонтан. Конечно, фокусник секрет знает. Без секрета не берись, ничего не получится.

— В цирке лягушек глотают, — сказала Алёнка.

— Ага, — сказал Костик, — и крыс тоже едят! Для смеху!

— И крокодилов тоже! — добавил Мишка.

Я прямо покатился от хохота. Надо же такое выдумать! Ведь всем известно, что крокодил сделан из панциря, как же его есть?

Я сказал:

— Ты, Мишка, видно, с ума сошёл! Как ты будешь есть крокодила, когда он жёсткий? Его нипочём нельзя прожевать.

— Варёного-то? — сказал Мишка.

— Как же! Станет тебе крокодил вариться! — закричал я на Мишку.

— Он же зубастый, — сказала Алёнка, и видно было, что она уже испугалась.

А Костик добавил:

— Он сам их ест, что ни день, укротителей этих.

Алёнка сказала:

— Ну да? — И глаза у неё стали как белые пуговицы.

Костик только сплюнул в сторону.

Алёнка скривила губы:

— Говорили про хорошее — про гриба и про лишаёв, а теперь про крокодилов. Я их боюсь…

Мишка сказал:

— Про болезни уже всё переговорили. Кашель, например. Что в нём толку? Разве вот что в школу не ходить…

— И то хлеб, — сказал Костик. — А вообще вы правильно говорили: когда болеешь, все тебя больше любят. Не сравнить…

— Ласкают, — сказал Мишка, — гладят… Я заметил: когда болеешь, всё можно выпросить. Игру какую хочешь, или ружьё, или паяльник.

Я сказал:

— Конечно. Нужно только, чтобы болезнь была пострашнее. Вот если ногу сломаешь или шею, тогда чего хочешь купят.

Алёнка сказала:

— И велосипед?!

А Костик хмыкнул:

— А зачем велосипед, если нога сломана?

— Так ведь она прирастёт! — сказал я.

Костик сказал:

— Верно!

Я сказал:

— А куда же она денется! Да, Мишка?

Мишка кивнул головой, и тут Алёнка натянула платье на колени и спросила:

— А почему это, если вот, например, пожжёшься, или шишку набьёшь, или там синяк, то, наоборот, бывает, что тебе ещё и наподдадут? Почему это так бывает?

— Несправедливость! — сказал я и стукнул ногой по ведру, где у нас лежала аппаратура.

Костик спросил:

— А это что такое вы здесь затеяли?

Я сказал:

— Площадка для запуска космического корабля!

Костик прямо закричал:

— Так что же вы молчите! Черти полосатые! Прекратите разговоры! Давайте скорей строить!!!

И мы прекратили разговоры и стали строить.

Англичанин Павля

— Завтра первое сентября, — сказала мама, — и вот наступила осень, и ты пойдёшь уже во второй класс. О, как летит время!..

— И по этому случаю, — подхватил папа, — мы сейчас «зарежем арбуза»!

И он взял ножик и взрезал арбуз. Когда он резал, был слышен такой полный, приятный, зелёный треск, что у меня прямо спина похолодела от предчувствия, как я буду есть этот арбуз. И я уже раскрыл рот, чтобы вцепиться в розовый арбузный ломоть, но тут дверь распахнулась, и в комнату вошёл Павля. Мы все страшно обрадовались, потому что он давно уже не был у нас и мы по нём соскучились.

— Ого, кто пришёл! — сказал папа. — Сам Павля. Сам Павля-Бородавля!

— Садись с нами, Павлик, арбуз есть, — сказала мама. — Дениска, подвинься.

Я сказал:

— Привет! — и дал ему место рядом с собой.

Он сказал:

— Привет! — и сел.

И мы начали есть, и долго ели, и молчали. Нам неохота было разговаривать. А о чём тут разговаривать, когда во рту такая вкуснотища!

И когда Павле давали третий кусок, он сказал:

— Ах, люблю я арбуз. Даже очень. Мне бабушка никогда не даёт его вволю поесть.

— А почему? — спросила мама.

— Она говорит, что после арбуза у меня получается не сон, а сплошная беготня.

— Правда, — сказал папа. — Вот поэтому-то мы и едим арбуз с утра пораньше. К вечеру его действие кончается и можно спокойно спать. Ешь давай, не бойся.

— Я не боюсь, — сказал Павля.

И мы все опять занялись делом, и опять долго молчали. И когда мама стала убирать корки, папа сказал:

— А ты чего, Павля, так давно не был у нас?

— Да, — сказал я. — Где ты пропадал? Что ты делал?

И тут Павля напыжился, покраснел, поглядел по сторонам и вдруг небрежно так обронил, словно нехотя:

— Что делал, что делал... Английский изучал, вот что делал.

Я прямо опешил. Я сразу понял, что всё лето зря прочепушил. С ежами возился, в лапту играл, пустяками занимался. А вот Павля, он время не терял, нет, шалишь, он работал над собой, он повышал свой уровень образования. Он изучал английский язык и теперь небось сможет переписываться с английскими пионерами и читать английские книжки! Я сразу почувствовал, что умираю от зависти, а тут ещё мама добавила:

— Вот, Дениска, учись. Это тебе не лапта!

— Молодец, — сказал папа, — уважаю!

Павля прямо засиял.

— К нам в гости приехал студент, Сева. Так вот он со мной каждый день занимается. Вот уже целых два месяца. Прямо замучил совсем.

— А что, трудный английский язык? — спросил я.

— С ума сойти, — вздохнул Павля.

— Ещё бы не трудный, — вмешался папа. — Там у них сам чёрт ногу сломит. Уж очень сложное правописание. Пишется Ливерпуль, а произносится Манчестер.

— Ну да! — сказал я. — Верно, Павля?

— Прямо беда, — сказал Павля, — я совсем измучился от этих занятий, похудел на двести грамм.

— Так что ж ты не пользуешься своими знаниями, Павлик? — сказала мама. — Ты почему, когда вошёл, не сказал нам по-английски «здрасте»?

— Я «здрасте» ещё не проходил, — сказал Павля.

— Ну вот ты арбуза поел, почему не сказал «спасибо»?

— Я сказал, — сказал Павля.

— Ну да, по-русски-то ты сказал, а по-английски?

— Мы до «спасибо» ещё не дошли, — сказал Павля. — Очень трудное пропо-ви-сание.

Тогда я сказал:

– Павля, а ты научи-ка меня, как по-английски «раз, два, три».

– Я этого ещё не изучил, – сказал Павля.

– Что же ты изучал? – закричал я. – За два месяца ты всё-таки хоть что-нибудь-то изучил?

– Я изучил, как по-английски «Петя», – сказал Павля.

– Ну, как?

– Пит! – торжествующе объявил Павля. – По-английски «Петя» будет «Пит». – Он радостно засмеялся и добавил: – Вот завтра приду в класс и скажу Петьке Горбушкину: «Пит, а Пит, дай ластик!» Небось рот разинет, ничего не поймёт. Вот потеха-то будет. Верно, Денис?

– Верно, – сказал я. – Ну а что ты ещё знаешь по-английски?

– Пока всё, – сказал Павля.

Главные реки

Хотя мне уже идёт девятый год, я только вчера догадался, что уроки всё-таки надо учить.

Любишь не любишь, хочешь не хочешь, лень тебе или не лень, а учить уроки надо. Это закон.

А то можно в такую историю вляпаться, что своих не узнаешь. Я, например, вчера не успел уроки сделать. У нас было задано выучить кусочек из одного стихотворения Некрасова и главные реки Америки. А я, вместо того чтобы учиться, запускал во дворе змея в космос. Ну, он в космос всё-таки не залетел, потому что у него был чересчур лёгкий хвост, и он из-за этого крутился, как волчок. Это раз. А во-вторых, у меня было мало ниток, и я весь дом обыскал и собрал все нитки, какие только были; у мамы со швейной машины снял, и то оказалось мало. Змей долетел до чердака и там завис, а до космоса ещё было далеко.

И я так завозился с этим змеем и космосом, что совершенно позабыл обо всём на свете. Мне было так интересно играть, что я и думать перестал про какие-то там уроки. Совершенно вылетело из головы. А оказалось, никак нельзя было забывать про свои дела, потому что получился позор.

Я утром немножко заспался, и, когда вскочил, времени оставалось чуть-чуть... Но я читал, как ловко одеваются пожарные – у них нет ни одного лишнего движения, и мне до того это понравилось, что я пол-лета тренировался быстро одеваться. И сегодня я как вскочил и глянул на часы, то сразу понял, что одеваться надо, как на пожар. И я оделся за одну минуту сорок восемь секунд весь, как следует, только шнурки зашнуровал через две дырочки. В общем, в школу я поспел вовремя и в класс тоже успел вомчаться за секунду до Раисы Ивановны. То есть она шла себе потихоньку по коридору, а я бежал из раздевалки (ребят уже не было никого). Когда я увидел Раису Ивановну издалека, я припустился во всю прыть и, не доходя до класса каких-нибудь пять шагов, обошёл Раису Ивановну и вскочил в класс. В общем, я выиграл у неё секунды полторы, и, когда она вошла, книги мои были уже в парте, а сам я сидел рядом с Мишкой как ни в чём не бывало. Раиса Ивановна вошла, мы встали и поздоровались с ней, и я громче всех поздоровался, чтобы она видела, какой я вежливый. Но она на это не обратила никакого внимания и ещё на ходу сказала:

— Кораблёв, к доске!

У меня сразу испортилось настроение, потому что я вспомнил, что забыл приготовить уроки. И мне ужасно не хотелось вылезать из-за своей родимой парты. Я прямо

к ней как будто приклеился. Но Раиса Ивановна стала меня торопить:

— Кораблёв! Что же ты? Я тебя зову или нет?

И я пошёл к доске. Раиса Ивановна сказала:

— Стихи!

Чтобы я читал стихи, какие заданы. А я их не знал. Я даже плохо знал, какие заданы-то. Поэтому я моментально подумал, что Раиса Ивановна тоже, может быть, забыла, что задано, и не заметит, что я читаю. И я бодро завёл:

— Зима!.. Крестьянин, торжествуя,
На дровнях обновляет путь;
Его лошадка, снег почуя,
Плетётся рысью как-нибудь...

— Это Пушкин, — сказала Раиса Ивановна.

— Да, — сказал я, — это Пушкин. Александр Сергеевич.

— А я что задала? — сказала она.

— Да! — сказал я.

— Что «да»? Что я задала, я тебя спрашиваю? Кораблёв!

— Что? — сказал я.

— Что «что»? Я тебя спрашиваю: что я задала?

Тут Мишка сделал наивное лицо и сказал:

— Да что он, не знает, что ли, что вы Некрасова задали? Это он не понял вопроса, Раиса Ивановна.

Вот что значит верный друг. Это Мишка таким хитрым способом ухитрился мне подсказать. А Раиса Ивановна уже рассердилась:

— Слонов! Не смей подсказывать!

— Да! — сказал я. — Ты чего, Мишка, лезешь? Без тебя, что ли, не знаю, что Раиса Ивановна задала Некрасова! Это я задумался, а ты тут лезешь, сбиваешь только.

Мишка стал красный и отвернулся от меня. А я опять остался один на один с Раисой Ивановной.

— Ну? — сказала она.

— Что? — сказал я.

— Перестань ежеминутно чтокать! — Я уже видел, что она сейчас рассердится как следует. — Читай. Наизусть!

— Что? — сказал я.

— Стихи, конечно! — сказала она.

— Ага, понял. Стихи, значит, читать? — сказал я. — Это можно. — И громко начал: — Стихи Некрасова. Поэта. Великого поэта. Великого советского поэта Некрасова. Стихи...

— Ну! — сказала Раиса Ивановна.

— Что? — сказал я.

— Читай сейчас же! — закричала бедная Раиса Ивановна. — Сейчас же читай, тебе говорят! Заглавие!

Пока она кричала, Мишка успел мне подсказать первое слово. Он шепнул, не разжимая рта, но я его прекрасно понял. Поэтому я смело выдвинул ногу вперёд и продекламировал:

— Мужичонка!

Все замолчали, и Раиса Ивановна тоже. Она внимательно смотрела на меня, а я смотрел на Мишку ещё внимательнее. Мишка показывал на свой большой палец и зачем-то щёлкал его по ногтю.

И я как-то сразу вспомнил заглавие и сказал:

— С ноготком!

И повторил всё вместе:

— Мужичонка с ноготком!

Все засмеялись. А Раиса Ивановна сказала:

— Довольно, Кораблёв!.. Не старайся, не выйдет. Уж если не знаешь, не срамись.

Потом она добавила:

— Ну а как насчёт кругозора? Помнишь, мы вчера сговорились всем классом, что будем почитывать и сверх программы интересные книжки? Вчера вы решили выучить названия всех рек Америки. Ты выучил?

Конечно, я не выучил. Этот чёртов змей совсем мне всю жизнь испортил. И я хотел во всём признаться Раисе Ивановне, но вместо этого вдруг неожиданно даже для самого себя сказал:

— Конечно, выучил. А как же!

Она сказала:

— Ну вот, исправь это ужасное впечатление, которое ты произвёл чтением стихов Некрасова. Назови мне самую большую реку Америки, и я тебя отпущу.

Вот когда мне стало худо. Даже живот заболел, честное слово. В классе была удивительная тишина. Все смотрели на меня. А я смотрел в потолок. И думал, что сейчас уже наверняка я умру. До свидания все! И в эту секунду я увидел, что в левом последнем ряду Петька Горбушкин показывает мне какую-то длинную газетную ленту, и на ней что-то намалёвано чернилами, толсто намалёвано, наверное, он пальцем писал. И я стал вглядываться в эти буквы и наконец прочёл первую половину. А тут Раиса Ивановна снова:

— Ну, Кораблёв? Так какая же главная река в Америке?

У меня сразу же появилась уверенность, и я сказал:

— Миси-писи.

Дальше я не буду рассказывать. Хватит. И хотя Раиса Ивановна смеялась до слёз, но двойку она мне влепила будь здоров. И я теперь дал клятву, что буду учить уроки всегда. До глубокой старости.

...Бы

Один раз я сидел, сидел и ни с того ни с сего вдруг такое надумал, что даже сам удивился.

Я надумал, что вот как хорошо было бы, если бы всё вокруг на свете было устроено наоборот. Ну вот, например, чтобы дети были во всех делах главные, и взрослые должны бы были их во всём, во всём слушаться. В общем, чтобы взрослые были как дети, а дети как взрослые. Вот это было бы замечательно, очень бы было интересно.

Во-первых, я представляю себе, как бы маме «понравилась» такая история, что я хожу и командую ею, как хочу, да и папе небось тоже бы «понравилось», а о бабушке и говорить нечего, она бы, наверно, целые дни от меня ревела бы. Что и говорить, я бы показал бы, почём фунт лиха, всё бы им припомнил! Например, вот мама сидела бы за обедом, а я бы ей сказал:

«Ты почему это завела моду без хлеба есть? Вот ещё новости! Ты погляди на себя в зеркало, на кого ты похожа? Вылитый Кощей! Ешь сейчас же, тебе говорят! – И она бы стала есть, опустив голову, а я бы только подавал команду: – Быстрее! Не держи за щекой! Опять задумалась? Всё решаешь мировые проблемы? Жуй как следует! И не раскачивайся на стуле!»

И тут вошёл бы папа после работы, и не успел бы он даже раздеться, а я бы уже закричал:

«Ага, явился! Вечно тебя надо ждать! Мой руки сейчас же! Как следует, как следует мой, нечего грязь размазывать. После тебя на полотенце страшно смотреть. Щёткой три и не жалей мыла. Ну-ка, покажи ногти! Это ужас, а не ногти. Это просто когти! Где ножницы? Не дёргайся! Ни с каким мясом я не режу, а стригу очень осторожно. Не хлюпай носом, ты не девчонка... Вот так. Теперь садись к столу».

Он бы сел и потихоньку сказал маме:

«Ну как поживаешь?»

А она бы сказала тоже тихонько:

«Ничего, спасибо!»

А я бы немедленно:

«Разговорчики за столом! Когда я ем, то глух и нем! Запомните это на всю жизнь. Золотое правило! Папа! Положи сейчас же газету, наказанье ты моё!»

И они сидели бы у меня как шёлковые, а уж когда бы пришла бы бабушка, я бы прищурился, всплеснул бы руками и заголосил:

«Папа! Мама! Полюбуйтесь-ка на нашу бабуленьку! Каков вид! Грудь распахнута, шапка на затылке! Щёки красные, вся шея мокрая! Хороша, нечего сказать. Признавайся, опять в хоккей гоняла? А это что за грязная палка? Ты зачем её в дом приволокла? Что? Это клюшка! Убери её сейчас же с моих глаз – на чёрный ход!»

Тут я бы прошёлся по комнате и сказал бы им всем трём:

«После обеда все садитесь за уроки, а я в кино пойду!»

Конечно, они бы сейчас же заныли бы и захныкали:

«И мы с тобой! И мы тоже хотим в кино!»

А я бы им:

«Нечего, нечего! Вчера ходили на день рождения, в воскресенье я вас в цирк водил! Ишь! Понравилось развлекаться каждый день. Дома сидите! Нате вам вот тридцать копеек на мороженое, и всё».

Тогда бы бабушка взмолилась:

«Возьми хоть меня-то! Ведь каждый ребёнок может провести с собой одного взрослого бесплатно!»

Но я бы увильнул, я сказал бы:

«А на эту картину людям после семидесяти лет вход воспрещён. Сиди дома, гулёна!»

И я бы прошёлся мимо них, нарочно громко постукивая каблуками, как будто я не замечаю, что у них у всех глаза мокрые, и я бы стал одеваться, и долго вертелся бы перед зеркалом, и напевал бы, и они от этого ещё хуже бы мучились, а я бы приоткрыл дверь на лестницу и сказал бы...

Но я не успел придумать, что бы я сказал бы, потому что в это время вошла мама, самая настоящая, живая, и сказала:

– Ты ещё сидишь? Ешь сейчас же, посмотри, на кого ты похож! Вылитый Кощей!

СОДЕРЖАНИЕ

Подзорная труба 5
Хитрый способ 12
Куриный бульон 17
«Он живой и светится...» 25
Друг детства 30
Заколдованная буква 35
Что я люблю... 38
...И чего не люблю! 42
Ровно 25 кило 45
Похититель собак 54
Пожар во флигеле, или Подвиг во льдах... 63
Смерть шпиона Гадюкина 71
Старый Мореход 82
Что любит Мишка 91
Чики-брык 95
Запах неба и махорочки 103
«Тиха украинская ночь...» 112
Рыцари 119
Девочка на шаре 125
На Садовой большое движение 136
Сражение у Чистой речки 147
Тайное становится явным 152
Слава Ивана Козловского 157
Мотогонки по отвесной стене 162
Надо иметь чувство юмора 168
Профессор кислых щей 173
Расскажите мне про Сингапур 178
Синий кинжал 187
Кот в сапогах 191
«Где это видано, где это слыхано...» 197
Одна капля убивает лошадь 208
Сверху вниз, наискосок! 212
Зелёнчатые леопарды 219
Англичанин Павля 226
Главные реки 230
...Бы 236

Литературно-художественное издание

Для младшего школьного возраста

ДРАГУНСКИЙ Виктор Юзефович
БОЛЬШАЯ КНИГА РАССКАЗОВ

Ответственный редактор *Н. Н. Родионова*
Художественный редактор *О. В. Клявень*
Технический редактор *М. В. Гагарина*
Корректор *Е. В. Туманова*
Компьютерная вёрстка *О. В. Краюшкина*

Подписано в печать 16.12.2013.
Формат 60×90 ¹/₈. Бумага офсетная № 1.
Гарнитура «Прагматика». Печать офсетная. Усл. печ. л. 30,00.
Доп. тираж 7000 экз. D-LL-5628-05-R. Заказ № ВЗК-06836-13.

ООО «Издательская Группа «Азбука-Аттикус» —
обладатель товарного знака Machaon
119334, Москва, 5-й Донской проезд, д. 15, стр. 4

Филиал ООО «Издательская Группа «Азбука-Аттикус» в г. Санкт-Петербурге
191123, Санкт-Петербург, набережная Робеспьера, д. 12, лит. А

ЧП «Издательство «Махаон-Украина»
04073, Киев, Московский проспект, д. 6, 2-й этаж

ЧП «Издательство «Махаон»
61070, Харьков, ул. Ак. Проскуры, д. 1

ПО ВОПРОСАМ РАСПРОСТРАНЕНИЯ ОБРАЩАЙТЕСЬ:

В Москве:
ООО «Издательская Группа «Азбука-Аттикус»
Тел. (495) 933-76-00, факс (495) 933-76-19
E-mail: sales@atticus-group.ru; info@azbooka-m.ru

В Санкт-Петербурге:
Филиал ООО «Издательская Группа «Азбука-Аттикус» в г. Санкт-Петербурге
Тел. (812) 327-04-55
E-mail: trade@azbooka.spb.ru; atticus@azbooka.spb.ru

В Киеве:
ЧП «Издательство «Махаон-Украина»
Тел./факс (044) 490-99-01
e-mail: sale@machaon.kiev.ua

В Харькове:
ЧП «Издательство «Махаон»
Тел. (057) 315-15-64, 315-25-81
e-mail: machaon@machaon.kharkov.ua

www.azbooka.ru; www.atticus-group.ru

Отпечатано с готового электронного оригинал-макета
в ОАО «Первая Образцовая типография», филиал «Дом печати — ВЯТКА».
610033, г. Киров, ул. Московская, 122.